KB095483

왜 국어 공부 안 하면 안 되나요?

왜 국어 공부 안 하면 안 되나요?

1판 1쇄 펴냄 2014년 8월 29일

지은이 이유라
그린이 정혜원
편집 박경화, 황설경, 이은영, 유나리
마케팅 송만석, 한아름

펴낸이 하진석
펴낸곳 참돌어린이

주소 서울시 마포구 독막로 3길 8
전화 02 - 518 - 3919
팩스 0505 - 318 - 3919
이메일 book@charmdol.com
신고번호 제313 - 2011 - 157호
신고일자 2011년 5월 30일

ISBN 978-89-97592-62-3 63800

* 이 책 내용의 전부나 일부를 이용하려면 반드시 저작권자와
  참돌어린이의 서면 동의를 받아야 합니다.
* 책값은 뒤표지에 있습니다.
* 잘못된 책은 구입하신 곳에서 바꾸어 드립니다.

왜 국어공부 안 하면 안 되나요?

이유라 지음 · 정혜원 그림

곽재용(전주교육대학교 국어교육과 교수) 감수

참돌어린이

감수글

어린이를 위한 이야기책은 정말 많아요. 하지만 우리말을 알고 올바른 글을 쓰게 하는 국어 교육 책은 그리 많지 않지요.

국어 교육의 바탕은 말과 글에 있는데, 이 책은 국어의 탄생과 언어적 가치에 대해 자세히 알려주고 있어요. 한글이 어떤 과정을 거쳐서 어떻게 만들어졌는지, 왜 세계에서 가장 과학적인 글자라고 불릴 만큼 인정을 받고 있는 건지 그 특징에 대해 잘 설명해 주고 있지요. 그래서 우리가 우리말의 뿌리에 대해 제대로 배울 수 있도록 도와준답니다.

또한 이 책은 국어 공부를 잘할 수 있는 여러 가지 방법에 대해서도 자세히 알려 주고 있어요. 몰랐던 단어를 쉽게 외우는 방법, 긴 글을 쉽게 이해하는 방법, 맞춤법과 띄어쓰기를 잘하는 방법, 독서 감상문이나 동시를 잘 쓰는 방법 등 여러분이 쉽고 재미있는 방법으로 국어를 공부하고 이해할 수 있도록 여러분의 눈높이에 맞추어서 잘 설명해 주고 있답니다.

이뿐만이 아니에요. 본문의 뒤쪽에 구성된 부록에는 여러분이 국어 공부를 잘할 수 있도록 부모님께서는 무엇을 어떻게 도와주실 수 있는지, 국어 공부를 돕는 방법에 대한 내용이 들어 있어요. 제시된 몇 가지 방법들을 적용하면 상당한 효과가 있을 거예요.

이 책 한 권에 국어 공부 방법이 모두 들어 있다고 볼 수는 없어요. 하지만 여러분과 부모님 모두에게 깨달음을 줄 수 있는 핵심적인 내용이 담겨 있기 때문에, 많은 방법을 아는 것보다 아는 한 가지라도 실천하려는 마음가짐을 가지고 있다면 이 책의 내용이 큰 도움이 되리라고 생각해요.

이 책을 통해 국어의 우수성과 함께 국어 능력을 키우는 방법을 배움으로써 국어의 소중한 가치를 깨달아 국어 공부를 열심히 하는 계기가 되었으면 해요. 그리고 책에서 알려 주는 신 나는 국어 공부법을 통해 여러분의 국어 실력이 향상되기를 바랍니다.

맑고 쾌청한 가을을 기다리며

곽재용

차례

PART 1

왜 국어 공부 안 하면 안 되나요?

1

오국어가 가장 중요해요

점심시간, 식사를 마친 혜민이는 자리에 앉아 책을 읽었어요. 점심 식사를 끝내기가 무섭게 운동장으로 뛰어나가는 다른 아이들과는 달리, 혜민이는 늘 혼자 책을 읽거나 창밖을 보며 생각을 하곤 했어요.

점심시간이 끝날 때가 되자, 아이들이 하나둘 교실로 돌아왔어요. 운동장에서 축구를 하느라 땀범벅이 된 정수가 혜민이에게 다가왔어요.

"또 혼자 책을 읽고 있었니?"

"응."

혜민이의 대답에 정수가 책을 훑어봤어요.

"우아, 모두 영어잖아? 정말 이걸 읽고 있었단 말이야?"

정수가 놀라자 혜민이는 서둘러 책을 덮었어요. 혜민이는 아빠의 직장 때문에 어렸을 때 미국에서 살았어요. 한국에 돌아와서도 줄곧 영어 유치원을 다녔지요. 그래서 다른 친구들보다 영어가 능숙했어요.

"맞다! 넌 외국에서 살았다고 했지? 그래서 영어를 잘하는구나! 완전 부럽다."

"아니야, 그렇지 않아."

"에이, 거짓말하지 마. 영어 시험 볼 때마다 항상 백 점이잖아."

'하지만 국어는 매번 낮은 점수인걸……'

정수의 말처럼 혜민이는 영어는 자신이 있었어요. 하지만 다른 과목은 그렇지 않았어요. 특히 국어 시간에는 선생님의 설명을 이해하지 못할 때가 많았어요.

"혜민아, 나중에 영어 좀 가르쳐 줘. 알겠지?"

"그래, 알겠어."

혜민이도 정수에게 국어를 가르쳐 달라 말하고 싶었어요. 하지만 한국인이면서 국어를 못한다고 말하는 것이 왠지 부끄럽게 느껴져 그냥 가만히 있었어요.

학교가 끝나고 집으로 돌아온 혜민이는 엄마에게 자신의 고민을 털어놓기로 마음먹었어요.

"엄마, 학교 수업이 어려워요. 선생님께서 하시는 말씀을 이해하기 어려워요."

"그게 무슨 말이니? 너는 국어와 영어를 모두 할 수 있잖아. 영어는 외국인처럼 능숙하기까지 하고. 엄마가 볼 때는 수업을 이해 못할 이유가 없는데……."

"하지만 영어만 잘할 뿐인걸요."

"혜민아, 다른 아이들은 영어에 다른 과목까지 공부하느라 시간이 부족하단다. 그런데 너는 영어를 잘하니 다른 아이들보다 공부할 수 있는 시간이 더 넉넉하잖니. 엄마가 볼 때는 수업 시간에 집중을 안 해서 그런 것 같은데?"

혜민이는 자신의 마음을 이해해 주지 않는 엄마가 야속했어요.

'하지만 선생님이 말을 빠르게 하시거나 어려운 단어를 쓰시면 무슨 뜻인지 전혀 이해가 안 되는걸요……'

엄마는 혜민이가 입을 꼭 다물고 어두운 표정으로 있자 걱정이 되었어요.

"앞으로 복습과 예습을 철저히 하면서 수업 시간에 좀 더 집중해 보는 건 어떨까? 그래도 힘들면 엄마가 학원을 보내 주거나 과외 선생님을 찾아 줄게. 알겠지?"

"네, 알겠어요."

혜민이는 방으로 들어왔어요. 그리고 힘없이 국어 교과서를 펼쳤어요.

'국어는 왜 이렇게 어려운 단어가 많을까?'

혜민이는 답답한 마음에 교과서를 덮어 버렸어요. 그리고 침대 옆에 있는 시디플레이어를 켰어요. 팝송을 들으며 영어책을 읽자 마음이 편안해졌어요.

다음 날, 학교에 간 혜민이는 시간표를 확인했어요.

'이야, 오늘은 영어 시간이 1교시네? 정말 기분 좋다!'

수업 종소리가 울리자, 선생님이 교실로 들어오셨어요.

"이번 수업 시간에는 팝송으로 영어 공부를 할 거야. 음악을 먼저 들어 보자."

선생님이 시디플레이어를 켰어요. 교실은 잔잔한 팝송으로 가득 찼어요.

"혹시 이 노래를 아는 사람 있니?"

"비틀즈의 노래예요."

평소 팝송을 즐겨 듣던 혜민이가 대답했어요.

"그래, 혜민이가 잘 알고 있구나. 혹시 노래 제목도 알고 있니?"

"네, 이매진(Imagine)이에요."

"정확해! 상상이라는 뜻이지. 무슨 내용인지 말해 볼래?"

"네. 종교나 국가, 물질에 얽매이지 않는 삶을 상상해 보자는 내용이에요. 세계의 모든 사람이 평화롭고 행복하게 살자는 노래예요."

"혜민이가 정말 잘 아는구나. 자, 자세한 내용은 다 같이 노래를 직접 듣고 배우면서 알아보자."

친구들은 부러운 표정으로 혜민이를 쳐다봤어요. 기분이 좋아진 혜민이는 영어 시간 내내 누구보다도 크게 노래를 불렀어요.

좋아하는 영어 시간이 끝난 후, 아쉬운 마음으로 다음 시간표를 찾아보던 혜민이는 한숨을 푹 내쉬었어요. 다음 시간이 국어 시간이었기 때문이었어요. 혜민이는 국어 시간이 싫었어요.

"모두들, 지난 시간에 내 줬던 숙제는 다했겠지?"

지난 시간에 선생님은 교과서를 읽고 줄거리를 파악하라는 숙제를 내 주셨어요. 혜민이는 숙제를 하기 위해 책을 여러 번 읽었지요. 하지만 줄거리를 이해하기가 쉽지 않았어요. 뜻을 모르는 단어가 많아 내용을 이해할 수 없었거든요.

　　"모두들 숙제를 잘해 온 것 같구나! 누가 먼저 줄거리를 말해 볼까? 오늘이 8일이니, 8번인 혜민이가 말해 볼까?"

　　'아이참, 왜 하필 오늘이 8일인 거야.'

　　혜민이는 쭈뼛거리며 자리에서 일어났어요.

　　"옛날에 있었던 일이고, 사이좋은 형제가 나오는 이야기예요."

　　"혜민아, 더 자세히 줄거리를 말해 볼래? 형제가 어떻게 했지?"

　　"그건 잘 모르겠어요."

　　"혜민이는 이야기를 읽어 오지 않았나 보구나!"

　　"아니에요. 읽긴 읽었는데 줄거리를 이해하기 쉽지 않았어요. 동생이 형에게 볏단을 가져다주고 나서 형이 동생에게 다시 가져다주었는데……. 자세히 말하기가 어려워요."

　　"그래, 혜민이에게는 조금 어려웠던 모양이구나. 그럼 다른 친구가

말해 볼까?"

혜민이는 힘없이 자리에 앉았어요.

"혜민이는 이상해. 어려운 팝송 내용은 잘 알면서 이렇게 쉬운 동화를 모른다는 게 말이 되니?"

"그러게 말이야. 숙제를 안 해 와서 꾸중을 들을까 봐 그러는 게 아닐까?"

"쳇! 영어만 잘하면 뭐해, 국어를 못하는데."

여기저기서 친구들의 쑥덕거리는 소리가 들렸어요. 친구들의 말에 혜민이의 얼굴이 새빨갛게 되었어요.

'친구들도 싫고, 국어도 싫어. 다시 미국에 가서 영어만 쓰고 싶어. 국어는 너무 어렵단 말이야.'

혜민이는 원망스런 눈빛으로 국어책을 계속 노려봤어요.

여러분은 영어를 잘하기 위해 어떤 노력을 하나요? 학교가 끝난 후에 영어 학원을 가는 친구들이 많을 거예요. 팝송을 틀어 놓고 가사를 외우거나 영어 동화책을 읽는 친구들도 있을 거고요. 영어로 된

만화나 영화를 보는 친구들도 있지요. 모두들 다른 친구보다 영어를 잘하기 위해 다양한 방법을 찾아 노력하고 있어요. 우리의 부모님도 시간이 나실 때마다 영어 공부와 관련된 다양한 정보를 찾고, 우리가 영어를 쉽게 공부할 수 있도록 도와주려고 하시고요.

영어는 세계 공용어예요. 국제적인 회의를 할 때에도 영어를 쓰고, 세계 여러 나라의 도로 표지판에도 영어로 함께 표시해 놓았지요. 그래서 영어를 잘하면 다른 나라에서도 의사소통을 쉽게 할 수 있어요. 어른이 되어서 취업을 할 때도 좋은 점수를 얻을 수 있고요. 이런 이유로 국어 공부를 소홀히 하고 영어 공부에 치중하는 친구들이 점점 많아지는 거예요.

안타까운 사실은 영어 단어의 철자는 모조리 외우면서 한글의 맞춤법은 틀리는 친구들이 많다는 거예요. 영어의 문법은 알고 있으면서 국어의 존댓말은 제대로 쓰지 못하는 친구들도 있고요. 모두 영어 공부만 우선시하다 보니 국어와 한글에 대한 이해력이 점점 떨어지고 있는 거예요.

사실 영어 공부를 하는 것이 나쁜 일은 아니에요. 그렇지만 우리말과 우리글의 소중함을 잘 알지 못하는 사람을 진정한 한국 사람이라 할 수는 없을 거예요. 우리말과 우리글도 제대로 쓰지 못하는 친구가 우리의 전통문화를 제대로 알 리가 없으니까요.

세종대왕이 한글을 만들지 않았다면 우리는 여전히 한자를 빌려 쓰고 있거나 일본어를 쓰고 있을지도 몰라요. 우리 친구들이 한글의 소중함을 알고 국어 공부도 열심히 해서 국어를 소중히 여기고 바르게 쓰는 친구들이 되었으면 좋겠어요.

2

국어를 잘해야
다른 과목도 잘해요

"진우야, 시험공부 많이 했니?"

주희가 학원을 함께 다니는 진우에게 물었어요. 다음 주에 있을 기말시험을 위해 진우와 주희는 함께 도서관에 가려던 참이었어요.

"아니, 하나도 못해서 걱정스러워."

"나도 많이 못했어. 그래서 시간이 많이 걸리는 어려운 과목부터 하고 있었어."

"그래? 주희 너는 어떤 과목이 제일 어려운데?"

"난 국어가 제일 어렵더라고."

진우는 주희의 말이 이해가 되지 않았어요.

"국어? 국어가 뭐가 어려워. 나는 제일 쉬운 게 국어던데……."

"정말? 너는 국어를 잘하는 모양이구나! 나는 국어 공부를 잘하는 사람이 제일 부럽더라. 엄마가 국어를 잘해야 다른 과목도 잘할 수 있다고 항상 이야기하시거든. 나는 국어가 제일 어려워."

"치, 한국 사람이 국어를 잘하는 것은 당연한 거야. 나는 국어 공부할 시간에 다른 과목을 공부하는 게 맞다고 생각해."

진우의 말에 주희는 부럽다는 듯 쳐다보았어요. 진우는 그런 주희를 도무지 이해할 수가 없었어요.

'주희는 나보다 공부도 잘하면서 왜 국어를 어려워하지? 국어는 영어처럼 모르는 단어가 있는 것도 아니고, 수학처럼 공식을 외울 필요도 없는데 말이야. 그런데 국어를 잘해야만 다른 과목을 잘한다는 것은 또 무슨 소리지? 국어는 국어고, 사회랑 과학은 다른 건데 말이야. 주희가 국어 공부를 할 동안 다른 과목 공부나 더 해야겠다. 그러면 이번 시험은 주희보다 좋은 성적을 받을 수 있을 거야.'

진우는 시험 준비를 하면서 국어책은 한 번밖에 읽어 보지 않았어요. 국어 수업 시간에도 선생님 몰래 다른 과목 공부를 했어요. 진우는 이번 시험은 왠지 주희보다 점수를 잘 받을 것 같아서 신이 났어요. 시험을 잘 봤다고 칭찬해 주실 부모님 모습도 떠올랐지요. 시간이 지날수록 주희를 이길 수 있다는 자신감이 생겼어요.

드디어 시험 날이 되었어요. 진우는 자신만만하게 시험을 볼 준비를 했어요. 수학 문제도 여러 번 풀어 봤고, 영어 단어도 모두 외웠기 때문에 높은 점수를 받을 거라 생각했어요.

시험 시작을 알리는 종이 울리자, 선생님이 시험지를 들고 교실로 들어오셨어요.

"자, 첫 번째 시간은 과학이에요. 시험지를 뒤로 돌려 주세요. 옆 사람의 답을 보는 것 같은 나쁜 행동은 절대로 해선 안 된다는 것 알지요? 공부한 만큼 좋은 결과 있기를 바라요."

선생님이 주신 시험지를 받아 든 진우는 문제를 풀기 시작했어요. 그런데 웬일인지 문제가 잘 읽히지 않았어요. 질문이 이해가 되지 않아서 여러 번 반복해서 읽어야 했지요.

"자, 이제 십 분 남았어요."

시험이 끝날 시간이 다가오자, 진우의 마음이 급해졌어요. 하지만 당황을 해서인지 문제가 더 읽히지 않았어요. 결국 진우는 문제를 다 풀지 못한 채 시험지를 내야만 했어요.

"두 번째 시간은 사회 시간이에요. 최선을 다해 풀기를 바라요."

시험지를 받은 진우는 천천히 문제를 살펴보았어요.

> 문제〉 고구려, 백제, 신라의 전성기는 언제였고, 각 전성기를 이끈 왕은 누구였는지 그 이름을 쓰시오.

'전성기? 전성기가 무슨 뜻이었더라?'

진우는 문제를 풀기도 전에 어려움에 빠졌어요. 문제에 나오는 단어의 뜻을 정확하게 몰랐거든요.

'전성기라는 게 각 나라의 첫 번째 왕을 말하는 건가? 아니면 고구려, 백제, 신라의 대표적인 왕을 쓰면 되는 걸까?'

망설이던 진우는 각 나라의 첫 번째 왕을 답으로 적었어요.

사회 시험이 끝나자, 반 친구들은 삼삼오오 모여 답을 맞춰 보았어요.

"진우야, 시험 잘 봤니?"

자리에 앉아 있는 진우 곁으로 주희가 다가왔어요.

"공부는 많이 했는데 생각보다 문제가 잘 풀리지 않았어. 주희야, 전성기 뜻이 뭐야?"

"전성기? 너 7번 문제에서 나온 전성기를 말하는구나. 전성기란 인물의 행동이나 결과가 가장 좋았을 때를 말해. 각 나라에서 가장 큰 업적을 세운 왕을 쓰는 게 답이야."

"업적?"

"응. 왕이 이뤄 낸 일, 성공한 일을 업적이라고 하지."

"그렇구나. 나는 전성기가 첫 번째를 말하는 줄 알았는데…… . 에잇, 7번 문제는 틀렸네."

"한 문제 가지고 왜 이렇게 풀이 죽었어. 아직 많이 남았잖아. 앞으로 더 잘 보면 되지. 힘내."

주희가 격려해 줘도 진우는 쉽사리 힘이 나지 않았어요.

'이번 시험에는 단어의 뜻이 헷갈리는 문제가 왜 이렇게 많지?'

한 과목, 한 과목 시험을 볼 때마다 진우의 표정은 점점 어두워졌어요. 문제가 짧고 숫자가 많은 수학은 차라리 쉬웠어요. 하지만 과학이나 바른 생활의 경우에는 문제의 뜻조차 이해하기 어려웠어요. 문제를 힘들게 이해했어도 어떤 답을 찾아야 하는지 막막했어요.

마지막 시험은 국어였어요. 국어 시험지를 받아 든 진우는 눈앞이 캄캄해졌어요. 시험지에는 진우가 모르는 단어들이 가득했거든요.

'어라, 왜 이러지? 분명 우리말인데……. 뜻을 모르는 단어가 왜 이렇게 많은 거지?'

진우는 고개를 들어 주희를 쳐다봤어요. 주희는 열심히 문제를 풀고 있었어요.

"진우야, 시험에 집중해야지."

선생님의 말씀에 진우는 다시 시험지를 들여다보았어요. 하지만 아무리 지문을 읽어 보아도 이해가 되지 않았어요. 이번 기말시험 중에서 가장 어려운 시험 같았어요. 아침에 시험을 잘 보라며 맛있는 반찬을 가득 차려 준 엄마 생각에 눈시울이 빨개졌어요.

수학을 잘하는 친구, 영어를 잘하는 친구, 사회를 잘하는 친구 중 여러분은 어떤 과목을 잘하는 친구가 되고 싶나요? 10명 중 8명은 영어나 수학을 잘하는 친구가 되고 싶다고 답할 거예요.

대부분은 국어와 수학이 아무런 상관이 없는 전혀 다른 과목이라고 생각하지요. 수학은 다른 과목과 달리 확실한 답이 정해져 있고, 과정만 이해하면 문제를 풀 수 있거든요. 하지만 수학도 예전과 많이 달라졌답니다.

여러분이 학교에서 배우는 수학은 '스토리텔링'식이에요. 수학의 공식과 과정들을 재미있는 상황과 이야기를 통해 공부하는 거지요. 그래서 어려운 공식을 대입하지 않고도 문제를 잘 읽어 보면 답을 찾을 수 있게 되어 있어요. 이런 이유 때문에 수학도 국어 지문을 읽을 때처럼 논리적 이해가 필요한 거예요.

만약에 국어에 대한 논리적 이해가 부족하면 어떻게 될까요? 문제는커녕 글에 대한 이해 자체를 할 수 없기 때문에 답을 찾기 어렵답니다. 그런데 국어와 수학만 이런 걸까요?

사회나 과학 같은 과목은 암기 과목이니까 무조건 외우기만 하면 된다고 생각하는 어린이들이 있을 거예요. 과연 그럴까요?

아래의 사회 문제를 보면서 생각해 보세요.

문제〉국회의원에 대한 설명으로 바른 것은 어느 것입니까? (   )

① 국무총리와 대법원장을 임명한다.

② 임기는 4년으로, 한 번만 할 수 있다.

③ 임기는 5년으로, 여러 번 할 수 있다.

④ 국회의원 선거인단에 의해 선출된다.

⑤ 국민의 대표로 국가의 이익을 위하여 활동한다.

이 문제는 국회의원의 뜻을 안다고 해서 풀 수 있는 문제가 아니에요. 국무총리, 대법원장, 선거인단이 무슨 일을 하는지 모두 알아야 풀 수 있는 문제랍니다. 이런 식으로 고학년으로 가면 갈수록 문장이 간단해지는 대신에 용어가 어려워요. 문제의 난이도도 더 높아지고요.

국어는 쉬우니까 국어보다 다른 과목을 더 열심히 공부해야 한다고 생각하는 건 잘못된 거예요. 국어를 제대로 모르면 다른 과목을 공부할 때도 어려움이 생길 거예요. 특히 요즘처럼 논리적인 사고가 중요한 시기에는 더욱 그럴 거예요. 모든 학문의 기본이 되는 국어를 소홀히 한다면 단어의 선택이나 대화를 할 때 어려움을 겪을 거예요.

그렇기 때문에 국어는 어떤 과목보다 중요한 거예요. 그러니 제대로 된 국어 공부를 통해 보다 빨라진 이해력으로 암기도 쉽게 하고 말도 똑소리 나고 조리 있게 말하는 친구가 되어 보세요.

3

원활한 소통을 위해서 국어가 필요해요

"내일은 우리 반을 대표하는 반장을 뽑을 거예요. 반장이 되고 싶은 친구들은 반장이 되고 싶은 이유를 잘 생각해 보세요. 반장이 되면 어떤 일을 해 보고 싶은지에 대해서 공약도 잘 생각해 오고요. 반장이 되고 싶은 이유와 공약이 잘 들어간 연설문을 준비해 오면 좋을 것 같네요."

반장이 되고 싶은 윤석이는 선생님 말씀에 가슴이 콩닥거렸어요. 윤석이는 꼭 반장이 되고 싶었거든요. 반장이 되어서 어려운 친구들을 돕고 열심히 봉사해서 경찰관 같은 반장이 되고 싶었어요. 윤석이의 꿈은 경찰관이었거든요.

"윤석아, 너 반장 선거에 나갈 거야?"

쉬는 시간, 인수가 윤석이에게 다가와 말했어요.

"응, 너도?"

"응, 나도 반장 선거에 나가려고."

친구들은 인수가 반장 선거에 나간다는 말에 깜짝 놀랐어요. 인수는 늘 말이 없고 조용한 친구였거든요. 쉬는 시간이나 점심시간에도 친구들과 운동장을 뛰어노는 것보다는 자리에 앉아 책을 읽을 때가 많았지요.

"반장이 되면 어려운 일도 많이 해야 할 텐데? 힘도 많이 써야 하고. 친구들을 잘 이끌어야 할 거야."

윤석이는 인수의 어깨에 손을 두르며 말했어요. 겉으로는 인수를 걱정해 주는 척했지만, 경쟁 상대가 나타난 것 같아 기분이 좋지 않았어요.

"그런가? 나는 반장은 친구들을 잘 이끄는 것보다 이야기를 잘 들어주고, 우리의 의견을 선생님께 잘 전달할 수 있어야 한다고 생각하는데……. 그래서 내일 반장 선거 연설을 할 때 이런 것들을 말할 거야."

인수의 말에 윤석이는 고개를 저으며 말했어요.

"연설? 그게 뭐가 중요해! 정말 중요한 것은 행동으로 보여 주는 거라고."

"행동도 중요하지만, 대화를 통해 서로를 이해하는 것이 더 중요할 것 같은데……."

윤석이는 갑자기 반장 선거에 나온다는 인수가 얄미워서 짜증이 났어요.

"그럼 너는 연설문이나 준비해. 나는 연설문보다 행동으로 친구들의 마음을 사로잡을 거야."

윤석이는 쉬는 시간 틈틈이 친구들에게 자신을 반장으로 뽑아 달라고 말했어요. 수업이 끝나고 집으로 돌아가는 길에도 친구들에게 반장이 되고 싶은 이유를 말했어요. 집에 와서도 컴퓨터 메신저와 휴대 전화로 문자를 보내며 반장이 되고 싶은 이유를 말하고 반장이 되면 떡볶이를 사 주겠다고 약속도 했어요.

밤이 되어서도 윤석이는 친구들에게 계속 연락을 했어요. 그래도 안심이 되지 않았던 윤석이는 사이가 좋지 않은 슬기에게까지 문자를 보낸 뒤에야 잠이 들었어요.

드디어 반장 선거 날이 되었어요. 종이 울리자, 선생님이 교실로 들어오셨어요.

"자, 지금부터 반장 선거를 할 거예요. 반장이 되고 싶은 사람이 있으면 손을 들어 보세요."

그러자 윤석이와 인수가 동시에 손을 들었어요.

"윤석이와 인수, 두 사람이구나. 연설 준비는 해 왔니? 누구부터 말해 볼까?"

'연설문이 뭐가 중요해. 어차피 친구들한테 왜 반장이 되고 싶은지 다 말했는데……. 연설은 간단하게 하면 되겠지?'

"자, 윤석이부터 말해 볼까?"

윤석이는 칠판 앞에 섰어요. 많은 친구가 자신을 쳐다보자 긴장이 되기 시작했어요.

"애들아, 나는 반장이 되고 싶어. 왜냐하면 내 꿈이 경찰관이거든.

경찰관처럼 너희를 도와줄게. 그리고 경찰관처럼 규칙을 잘 지키는

반을 만들 거야. 그러니깐 나를 꼭 뽑아 줘."

윤석이는 더듬거리며 연설을 겨우 마쳤어요. 너무 긴장해서인지

목소리가 덜덜 떨리기까지 했어요.

"윤석이 다한 거니? 생각보다 짧게 말했구나. 윤석이 연설을 듣고 궁금한 점이 있는 사람은 질문해도 좋아요!"

"선생님, 저요!"

"그래, 슬기가 윤석이한테 궁금한 점을 물어보렴."

"윤석이는 자기 꿈을 이루기 위해서 반장이 되려고 하는 건지 궁금합니다. 또 경찰관처럼 일한다고 했는데 어떻게 일한다는 건지 잘 모르겠습니다. 규칙을 지키지 않으면 무섭게 하는 것이 아닐까 걱정도 됩니다."

윤석이는 갑작스러운 슬기의 질문에 당황했어요. 머릿속 가득 질문만 맴돌았고, 대답을 쉽게 할 수 없었어요.

"어, 그러니까 경찰이 꿈인 건 맞는데……."

"윤석이가 대답하기 어려운가 보구나. 그럼 윤석이의 대답은 나중에 들도록 하고, 이번에는 인수의 연설을 들어 볼까요?"

선생님은 인수를 자리에 앉게 했어요. 인수는 대답을 제대로 못 한 것이 마음에 걸렸지요.

"안녕하세요? 반장 선거에 출마한 심인수입니다. 저는 활발하진 않지만 항상 반을 위해 일하고 싶었습니다. 이번에 반장이 되면 조용히 묵묵하게 맡은 역할에 최선을 다하겠습니다. 그러기 위해 세 가지 약속을 하겠습니다. 첫째, 제일 먼저 학교에 도착해서 칠판을 지우고 교실을 정리하겠습니다. 둘째, 어려운 친구를 돕겠습니다. 저는 힘이 세거나 남들보다 똑똑하진 않지만, 평소 꼼꼼하고 성실하다는 이야기를 자주 들었습니다. 숙제를 자주 잊어버리는 친구나 준비물을 빠뜨리는 친구들을 위해 집에 가기 전에 한 번씩 다시 말하겠습니다. 또 준비물은 제 것 외에도 넉넉히 준비하겠습니다. 마지막으로 항상 웃는 얼굴로 선생님과 친구들에게 인사하겠습니다. 저는 반장이라고 친구들에게 무엇을 시키거나 바라지 않을 것입니다. 대신 친구들이 언제든지 저에게 어려운 점을 부탁할 수 있도록 친절하게 다가가겠습니다."

인수의 연설이 끝나자, 친구들은 저마다 손뼉을 치며 환호성을 질렀어요. 선생님도 인수의 말에 흐뭇한 미소를 지었어요.

"인수가 정말 말을 잘하는구나. 자, 인수에게도 궁금한 점이 있으면 물어보세요."

"아니요. 없어요! 인수의 이야기를 들으니 무엇을 말하려고 하는지 잘 알겠어요."

"그러면 투표를 시작해도 되겠지요?"

친구들은 저마다 자신이 뽑고 싶은 친구의 이름을 종이에 적어 냈어요. 투표가 끝나자, 선생님은 종이에 적힌 이름을 하나씩 불렀어요. 칠판에 적힌 윤석이와 인수의 이름 옆으로 바른 정(正)자가 새겨졌어요. 마침내 선거가 끝나고 적은 표 차이로 인수가 반장이 되었어요. 윤석이는 믿을 수 없다는 듯 책상에 엎드려 눈물을 흘렸어요.

"윤석아, 울지마. 너도 잘했어."

"몰라, 몰라!"

친구들이 윤석이를 위로했지만 윤석이의 눈물은 멈추지 않았어요.

여러분은 왜 인수가 반장이 되었다고 생각하나요? 윤석이와 인수의 가장 큰 차이는 연설문에 있어요. 선거에서 연설은 자신의 의견을 전달하는 중요한 수단이 된답니다. 연설은 내 생각을 다른 사람에게 직접 전달하는 의사소통이라 할 수 있어요. 인수는 이런 이유로 연설문을 열심히 준비했던 거예요. 그리고 연설문으로 자신의 의견을 잘 전달하려고 노력했지요. 하지만 윤석이는 연설보다는 친구들에게 자신을 선택해 달라고 말로만 이야기했어요. 그렇기 때문에 친구들은 당연히 윤석이보다 믿음이 더 가는 인수를 선택했던 거예요.

연설문이 아닌 평상시에 의사소통을 제대로 하지 못하면 어떻게 될까요? 갑자기 위급한 상황이 되었을 때 제대로 말할 수 없다면요? 위급한 상황에서도 도움을 청하지 못하는 상황이 생겨 큰 위험에 처하게 될지도 몰라요.

이렇듯 의사소통은 사람들 사이에서 매우 중요해요. 대화를 통해 서로의 생각을 이해하고 살아가기 때문이지요. 사람은 혼자서는 살기 힘든 사회적인 존재랍니다.

의사소통이 된다는 것은 어떤 의미가 있을까요? 의사소통이 된다는 것은 각자의 생각이나 뜻이 서로 통한다는 것을 말해요. 그런데 이러한 의사소통은 말로만 이루어지는 것이 아니에요. 편지나 메신저, 휴대 전화, 문자 등 글자를 이용해서 의사소통을 하기도 한답니다.

이렇게 중요한 의사소통을 하는데 우리말과 우리글이 없다면 어떻게 될까요?

친구들이나 가족들과 대화를 하기 어려울 거예요. 상대방의 표현을 제대로 파악하지 못하고, 내 뜻도 정확하게 전달하지 못할 거고요.

사람들은 자신이 원하는 것이 상대방에게 잘 전달되고 상대방이 그것을 잘 받아들이면 만족과 행복감을 느껴요. 하지만 원하는 바가 전달되지 않으면 불만이 쌓이게 되지요. 그래서 원활한 의사소통을 통해 다른 사람들과 행복하게 어울려 살기 위해서 우리말과 우리글이 필요한 거예요. 세종대왕이 글을 읽고 쓰지 못했던 백성들을 위해 한글을 만든 것도 이런 이유였어요. 원활한 의사소통을 위해서는 우리말과 우리글인 국어가 꼭 필요한 거랍니다.

4

한글은 세계에서 가장 과학적인 글자예요

"안타깝도다! 참으로 안타깝도다."

어느 달이 밝은 날 밤, 세종대왕은 쉽사리 잠에 들지 못했어요. 백성들이 글을 읽지 못해 불편한 생활을 하는 것이 속상했거든요.

'삼국 시대부터 사용한 한문은 백성들이 배우기에는 너무 어렵다. 백성들이 말은 할 줄 아는데 그 말을 글로 옮기지 못하니 참으로 안타까운 일이다. 내 나라 말을 내 나라의 글로 적어야지, 더 이상 남의 글인 한문으로 적어서는 안 된다.'

세종대왕은 날이 밝자마자 집현전으로 갔어요. 집현전은 학자를 길러 내고 학문을 연구하는 기관이에요.

"법을 새로 만들면 그 내용에 대해 백성들이 제대로 알아야만 법을 어기는 이들이 없을 것이오. 그런데 백성들이 글을 모르니 방을 붙여도 읽지를 못하오. 이를 어찌하면 좋겠소?"

"전하, 이미 한자를 우리말의 뜻에 맞게 적는 '이두'가 있지 않습니까?"

"그것 역시 한자를 사용하여 적는 글이지 않소? 한자는 너무 어려워 백성들이 쉽게 읽을 수도 적을 수도 없소. 하여 우리말을 쉽게 적을 수 있는 배우기 쉬운 글자를 만들려고 하오. 쉬운 우리글이 있어야만 백성들에게 도움이 될 것이오. 이제부터 백성들이 쉽게 배울 수 있는 우리글을 만들도록 하시오."

세종대왕은 백성들이 쉽게 배워 사용할 수 있는 우리글을 만들기 위해 노력했어요. 궁궐을 산책하거나 식사를 하면서도 우리글에 대한 생각뿐이었지요. 눈에 비친 모든 사물이 글자의 모양으로 보일 정도였어요. 결국 우리글을 만드는 데 모든 신경을 쓰느라 눈병과 피부병으로 고생까지 했어요.

그러던 1443년, 세종대왕은 드디어
우리글을 만들었어요. 자음인 닿소리 17자와
모음인 홀소리 11자로, 총 28자를 만들었지요.
당시 자음은 'ㄱ, ㅋ, ㆁ, ㄴ, ㄷ, ㅌ, ㄹ, ㅁ, ㅂ,
ㅍ, ㅅ, ㅿ, ㅈ, ㅊ, ㅇ, ㆆ, ㅎ'으로, 모음은

'·, ㅡ, ㅣ, ㅛ, ㅏ, ㅓ, ㅜ, ㅠ, ㅕ, ㅠ, ㅑ'로 이루어져 있었지요. 그러다가 자음 'ㆁ, ㅿ, ㆆ'과 모음 '·'이 사라져 24자 한글이 된 거예요.

세종대왕의 일생을 적은 책인 《세종실록》에는 한글의 창제에 관하여 다음과 같이 기록했어요.

'이 달에는 상감께서 언문(한글) 28자를 친히 만드시었다. 그 글자는 옛 전자(한자의 글자 모양 중 한 가지)를 본받았다.

초성(첫소리, 닿소리), 중성(홀소리), 종성(받침)으로 나누는데 이것을 합쳐서 글자를 이룬다.

모든 우리나라 말을 이 글자로 기록할 수 있다. 비록 글자가 간결하나 돌려쓰기가 무궁무진하다. 이 글자를 훈민정음이라고 이름 지었다.'

훈민정음은 '백성을 가르치는 바른 소리'라는 뜻으로 세종대왕이 지은 한글의 이름이에요. 세종대왕은 한글을 만든 뒤 한글에 대해 모든 것을 설명한 책도 만들었어요. 이름이《훈민정음 해례본》인 이 책은 훈민정음에 대한 해설서라고 생각하면 된답니다.《훈민정음 해례본》을 보면 세종대왕이 얼마나 백성을 사랑했는지 알 수 있어요.

'나라 말씀이 중국과 달라 글자가 서로 통하지 아니하니, 이런 이유로 우매한 백성이 말하고자 함이 있어도 마침내 제 뜻을 펴지 못한 사람이 많다.

　내 이를 가엾게 여겨 새로 스물여덟 자를 만들었으니, 사람마다 쉽게 익혀 날로 씀에 편하게 할 따름이니라.'

당시에는 훈민정음을 반대하는 학자들이 많았어요. 그러나 세종대왕은 백성을 사랑하는 마음으로 꿋꿋이 훈민정음을 세상에 알리려 노력했지요.

하지만 이름 높은 학자 최만리를 비롯한 여러 신하들은 상소문을 통해 훈민정음을 심하게 반대했어요. 상소문은 신하가 임금에게 의견을 내놓는 글을 말해요.

"전하, 우리나라는 지금까지 중국 문화를 섬기며 한자를 사용해 왔습니다. 만약 우리글을 창제하여 한자를 사용하지 않으면 중국과의 관계가 좋지 않을 것이옵니다. 중국에서도 기후나 지리가 다르더라도 글자를 새로 만든 일이 없사옵니다.

오직 오랑캐만이 한자를 무시하고 제 글자를 사용하지 않았사옵니까? 또한 한자보다 쉬운 우리글로 인해 한자 공부를 게을리하는 학자가 많이 생길까 두렵사옵니다."

이 상소문을 보면 알 수 있듯이 학자들은 우리글을 쓰는 것이 오랑캐만 하는 일이라고 생각했어요. 그리고 한자를 쓰지 않는 것이 부끄러운 일이라고 여겼지요. 다른 한편으로 양반들은 백성들이 글을 읽고 쓸 필요가 없다고 여기기도 했어요. 오로지 양반들만 글을 읽고 써야 한다고 생각했거든요.

세종대왕은 신하들의 상소문을 본 뒤에 마음이 아팠어요. 그래도 포기하지 않고 설득을 하기 시작했어요.

"그대들은 한자를 쓰지 않는 것이 중국을 무시하는 행위라 하였는데 그럼 이두는 무엇이냐? 이두 역시 한자를 대신하여 쓰이는 글자인데, 이것도 중국을 무시하는 글자인가? 이두를 만든 이유가 백성을 편안하게 하기 위함이었다면, 훈민정음 역시 백성을 위한 것이니라. 같은 목적을 가졌는데 이두를 쓰는 그대들의 일은 옳고, 내가 하는 일을 옳지 않다고 하는 이유는 무엇이냐. 또한 훈민정음만을 사용하여 관리를 뽑을 생각은 없다. 그러니 훈민정음으로 인해 학문 연구를 게을리하는 학자가 생기지는 않을 것이다."

우리글을 만들겠다는 세종대왕의 의지는 확고했어요. 그 덕분에 세상에 훈민정음이 나올 수 있었던 거예요. 세종대왕과 집현전 학자들의 땀과 노력으로 만들어진 훈민정음이 세상에 알려지기까지 많은 어려움이 있었어요. 하지만 지금은 세계에서 가장 과학적인 글자로 칭송받으며 널리 이롭게 사용되고 있답니다.

세종대왕은 일반 백성들이 글자 없이 생활하는 모습을 가엾게 생각했어요. 어려운 한문을 읽지 못해 양반에게 땅을 빼앗기거나 계약서를 제대로 적지 않아 손해를 보는 일도 많았거든요. 새로운 농사 기술이 나와도 기록을 할 줄 모르니 방법을 기억할 수도 없었고요.

'모든 백성들이 자신의 권리를 누리면서 살아갈 방법이 없을까?'

한자를 빌려 우리말을 적어도 의사소통을 하는데 어색했어요. 우리말을 제대로 표현하는 한자가 턱없이 부족했거든요. 세종대왕은 더 이상 한자로는 안되겠다는 생각에 새 글자를 만들기 시작했던 거예요. 세종대왕과 집현전 학자들은 쉬지 않고 연구했어요. 발음하는 법, 성대의 떨림과 혀의 움직임까지 어느 것 하나 소홀히 여기지 않

았어요. 우리의 한글이 세계에서 가장 과학적인 글자인 것은 바로 이러한 노력을 통해 만들어진 글자이기 때문이에요.

세계 어느 나라 문자도 누가, 언제 어떤 방법으로 만들었는지 몰라요. 글자의 탄생 과정을 정확히 알 수 없거든요. 하지만 훈민정음은 천 · 지 · 인과 발음 기관을 본떠 만들었다는 확실한 기록이 있어요. 이처럼 뚜렷한 목적을 가지고 오랜 시간 연구, 발명하여 만든 글자는 훈민정음이 유일해요.

한글은 세상에 나온 뒤로부터 활자로 만들었어요. 글자가 하나하나 떨어질 수 있었기 때문에 인쇄하기도 좋았던 거예요. 또한 인쇄 기술이 발전할수록 기계화도 쉽게 이루어질 수 있었어요. 타자기가 발전할 때마다 어려움 없이 한글을 알맞게 조합할 수 있었거든요. 요즘의 컴퓨터 자판에까지 무리 없이 사용할 수 있는 것만 봐도 한글이 얼마나 위대한 글자인지 알 수 있답니다. 이렇게 과학적인 우리글을 소중히 여기고 열심히 공부해야 해요. 백성을 사랑하는 마음으로 만든 마음씨 착한 글자를 국어로 가지고 있는 우리는 행복한 사람인 거니깐 말이에요.

5
한글은 조상이 물려준 소중한 보물이에요

"자, 내일은 영어 시험을 보는 날이에요. 모두들 잊지 말고 시험 준

비를 잘 해 오세요. 점수가 낮은 친구는 남아서 보충 수업을 할 거예요."

영어 시험을 본다는 선생님의 이야기에 아이들이 투덜거렸어요.

집으로 돌아가는 길에도 모두들 영어 시험 이야기만 했지요. 설아와

기훈이도 영어 시험 이야기를 했어요.

"갑자기 왜 영어 시험을 보는 거야?"

"저번 중간시험에서 우리 반 영어 실력이 가장 낮아서 그렇다는

데……."

"우리나라는 왜 하필 한글이 우리말인 거야? 영어가 우리말이면 이렇게 고생하지 않아도 되잖아."

벌써부터 영어 공부가 하기 싫은 설아는 심술이 잔뜩 나서 말했어요.

"맞아. 나도 영어 공부하는 게 너무 힘들어. 우리말이 아니라 헷갈리기도 하고. 차라리 국어랑 영어 중에 하나만 사용했으면 좋겠어."

기훈이도 덩달아 투덜거리며 말했지요. 갑자기 설아가 좋은 생각이 떠올랐다는 듯 손뼉을 쳤어요.

"우리 선생님께 영어만 배우고 싶다고 이야기해 보는 건 어때?"

"글쎄, 괜히 그런 말 했다가 혼나는 게 아닐까?"

"아니야. 선생님도 좋은 생각이라며 칭찬해 주실 거야. 선생님도 국어와 영어를 함께 가르치느라 얼마나 복잡하겠어? 내일 학교에 가자마자 이야기해 봐야겠어."

"왜 영어만 배울 거냐고 하면 뭐라고 대답하려고?"

기훈이의 질문에 설아는 당황했어요.

"그건 생각 안 해 봤는데……. 걱정하지 마! 집에 가서 엄마한테 물어

보면 될 거야."

설아는 작별 인사도 하지 않은 채 헐레벌떡 집으로 뛰어갔어요.

"엄마! 어디 계세요?"

엄마는 설아의 다급한 목소리에 깜짝 놀라 나오셨어요.

"설아야, 왜 그러니? 무슨 일 있니?"

"엄마, 내일 선생님께 영어만 배우자고 말하고 싶은데……."

"그게 무슨 말이니?"

"영어랑 국어랑 모두 배우니 너무 힘들어요. 하나만 배우면 좋을 것 같아서요."

"이런! 백성들을 위해 한글을 만든 세종대왕이 들으면 무척 섭섭하겠다. 설아야, 국어는 그 나라의 정신과 역사가 담긴 글자야. 세계 공용어인 영어를 사용하면 당장은 편하겠지. 그런데 우리의 국어가 없어진다면 우리 민족 역시 함께 사라지고 말거야."

"국어가 없어지면 왜 우리가 사라져요?"

설아는 국어로 인해 나라와 민족이 함께 사라질 수 있다는 엄마의 말을 도무지 이해할 수 없었어요.

"국어는 민족의 정신을 유지하는 틀이거든. 국어를 통해 민족 고유의 문화가 발전하기도 해. 얼마 전에 읽은 홍길동전도 국어가 생긴 후에 지어진 최초의 한글 소설이란다. 만약 국어가 없었다면 지금처럼 다양한 소설이나 시, 가요가 발전하지 못했을 거야."

설아는 엄마의 말을 여전히 이해하지 못했어요. 설아의 표정을 본 엄마는 천천히 다시 설명해 주셨어요.

"국어는 민족을 하나로 뭉치게 하는 힘이 된단다. 일본이 우리나라를 침략했을 때 가장 먼저 한 일이 국어를 사용하지 못하게 한 거야. 민족의 정신을 없애기 위해 우리말로 지은 이름을 빼앗고 일본어 이름으로 다시 지으라고 했단다."

설아는 텔레비전에서 본 일본식 성명 강요 다큐멘터리가 생각났어요. 일본은 침략했을 때 사람들의 이름을 강제로 바꾸게 했어요. 학교에서는 우리말도 쓰지 못하게 했고요. 다큐멘터리에서는 말을 듣지 않는 사람에게 주먹을 휘두르던 일본 사람의 사진이나 증언들이 나왔어요. 설아는 그때 봤던 다큐멘터리가 생각나서 얼굴을 찌푸리며 엄마에게 물었어요.

"일본 사람들은 왜 그렇게 한국 이름을 빼앗으려고 했을까요?"

"설아는 어느 나라 사람이지?"

"저는 한국 사람이지요."

"그럼 설아가 한국 사람인 것을 다른 나라 사람에게 알려 주려면 어떻게 해야 하지?"

"음, 얼굴을 보면 한국 사람인 것을 알 거예요."

"일본인이나 중국인처럼 아시아인의 생김새는 크게 차이가 없을 텐데……."

"아! 한국어를 쓰거나 한글 이름을 말해 주면 한국 사람인 것을 금방 알 것 같아요."

"우리 설아가 잘 생각했구나. 한국 사람인 것을 나타내는 가장 큰 특징은 바로 한국어를 사용한다는 것이야. 그렇기 때문에 일본이 한국을 침략하면서 우리나라의 언어를 가장 먼저 빼앗으려 했던 거란다. 한국이라는 나라를 없애려고 말이지.

"국어는 나라와도 같네요."

"그래. 나라를 지키려면 국어를 아끼고 사랑해야 해. 그래야만 우

리 민족의 역사와 문화가 계속해서 발전할 수 있는 거란다."

"네, 알겠어요!"

설아는 부끄러워졌어요. 공부하기 싫다는 이유만으로 영어만 공부

하자고 선생님에게 말하려고 했던 자신의 모습이 한심하기까지 했어

요. 설아는 책상에 앉아 내일 있을 영어 시험을

준비했어요. 나중에 국어의 장점을 세계인들에게 알려 주고 싶었거든요. 그러기 위해서는 영어 공부와 국어 공부를 열심히 해야겠다고 생각했어요.

'국어가 이렇게 중요한지 몰랐어. 그런데 난 국어를 사용하지 않으려고 했어. 너무 부끄러워.'

다음 날, 학교 가는 길에 설아는 기훈이의 뒷모습을 보고 뛰어갔어요.

"기훈아, 안녕? 나 너한테 할 말이 있어."

"국어의 장점에 대해 말해 주려고 하는 거지?"

"어? 어떻게 알았어?"

설아는 속마음을 다 들켜 버린 것 같아서 얼굴이 빨개졌어요.

"어제 네 말을 듣고 나도 영어만 쓰겠다고 부모님께 말씀드렸다가 혼이 났거든. 그래서 국어에 대해 공부했어."

"국어에 대해 어떤 것을 배웠는데?"

"네가 알면 깜짝 놀랄 거야. 세종대왕이 처음 우리글을 만들었을 때, 훈민정음이라 이름 붙였잖아? 그 훈민정음이 세계 기록 유산이라고 하더라."

"정말?"

"그래. 한글은 세계에서 인정받은 훌륭한 글자야."

"난 영어 공부를 열심히 해서 우리말과 우리글의 우수함을 말해 주려고 했는데, 이미 세계에서 인정받은 글자구나."

설아와 기훈이는 한글이 이미 세계에서 인정받았다는 사실이 자랑스러웠어요. 학교로 가는 내내 어제 공부했던 우리말과 우리글에 대해 서로 이야기하며 웃음꽃을 피웠어요.

유네스코라는 곳을 알고 있나요? 유네스코는 세계 각국의 문화재와 기록 유산을 보호하기 위한 단체예요. 세계의 많은 기록 유산이 전쟁이나 급격한 발전에 의해 사라질 위기에 처해 있거든요.

이런 유네스코가 지정한 세계 기록 유산 중 하나가 바로 우리나라 문화유산인 《훈민정음 해례본》이랍니다.

《훈민정음 해례본》은 우리 조상들의 노력에 의해 보전되어 왔어요. 특히 《훈민정음 해례본》이 세상에 빛을 보게 된 것은 간송 전형필 덕분이에요. 그는 수많은 우리 문화재가 일본으로 빠져나가지 않도록 재산을 모두 털어 국보급 도자기와 그림, 고서 등을 수집한 사람이에요. 그중 《훈민정음 해례본》은 한국전쟁 중에는 품에 넣고 잠을 잤을 정도였어요. 이런 노력이 없었다면 우리는 아직까지도 한글을 만든 원리와 문자에 대한 설명에 대해 알 수가 없었을 거예요.

국어를 지키기 위한 노력은 이뿐만이 아니에요. 일본이 우리나라를 강제로 점령했을 때에도 우리 조상들의 노력은 계속되었어요. 일본의 감시를 피해 우리말과 우리글 연구에 최선을 다했던 '조선어 연구회'라는 대표적인 단체가 있어요. 주시경과 최현배와 같은 한글학자의 힘으로 만들어진 이곳은 우리말과 우리글을 없애기 위해 노력하던 일본에 맞서 끈질기게 한글을 지켜 냈답니다.

이렇듯 조상들의 노력에 의해 우리말과 우리글이 지금까지 남아 세계적으로 인정받게 된 거예요. 우리 조상들이 없었다면 우리말과 우리글은 이미 사라졌을지도 몰라요. 어려운 시기에도 한글을 지키고 보전한 조상들이 있었기 때문에 우리말과 우리글의 우수성을 세계적으로 인정받게 된 거랍니다.

"명준아, 넌 내일 뭐 할 거야? 난 부모님이랑 같이 놀이동산에 가기로 했어."

"놀이동산? 우아, 좋겠다."

내일은 한글날이에요. 학교에 가지 않는 공휴일이랍니다. 친구들은 저마다 동물원이나 영화관에 가는 자신의 계획을 앞다퉈 말했어요. 명준이도 친구들처럼 놀이동산이나 동물원, 영화관에 가고 싶었어요.

"나도 부모님께 놀러 가자고 해야겠다."

“모두들, 잘 가! 내일 신 나게 놀고 모레 보자.”

“당연하지! 안녕!”

명준이는 친구들에게 작별 인사를 한 뒤에 한달음에 집으로 뛰어 왔어요.

집에 도착한 명준이는 엄마를 향해 크게 소리쳤어요.

“엄마, 내일 우리 놀이동산에 가요!”

“갑자기 그게 무슨 말이니?”

“내일은 공휴일이라 학교에 안 가잖아요. 내일 친구들은 놀이동산 이나 동물원, 영화관에 놀러 간대요. 저도 놀이동산에 가고 싶어요.”

“이를 어쩌지? 이미 다른 계획을 세웠는데…….”

“벌써요? 저희 여행 가는 거예요?”

명준이는 기대에 찬 표정으로 엄마를 쳐다봤어요.

“글쎄, 여행이라면 여행이지. 저녁에 아빠와 자세히 이야기하자!”

명준이는 잔뜩 기대에 부풀었어요. 여행에 입고 갈 옷을 미리 골라 놓고 멋있는 사진을 찍을 카메라도 챙겼지요. 아빠가 오기 전에 숙제 도 다했어요.

"여보, 나 왔어요. 명준아, 아빠 왔단다."

"와! 아빠 오셨어요."

"우리 명준이가 오늘따라 아빠를 반겨 주네."

"아빠, 내일 어디로 여행가는지 얘기해 주세요."

"여행?"

아빠는 눈을 동그랗게 떴어요.

"그래요, 여보. 내일 한글날이잖아요. 우리 명준이를 데리고 한글 박물관에 가요."

"그러면 되겠네! 아침 일찍 출발할 수 있게 준비해야겠다."

"네? 한글 박물관이요? 놀이동산이나 동물원에 가는 것이 아니고요?"

명준이는 부모님의 말씀에 실망했어요. 친구들은 재미있게 놀 텐데 자신은 지루한 박물관에 가야 한다니 시무룩해졌어요.

"명준아, 한글날은 한글이 창제되어 세상에 펴낸 것을 기념하는 날이야. 그리고 한글의 우수성을 기리기 위한 국경일이란다. 그러니 박물관에 가서 한글에 대해 배우면 좋지 않을까?"

"하지만 저는 더 재미있는 곳에 가고 싶단 말이에요. 박물관은 가기 싫다고요."

"아니야, 내일 분명 놀이동산보다 재미있을 거야. 엄마, 아빠를 믿어 보렴."

"네……."

명준이는 힘없이 대답했어요.

다음 날, 명준이는 부모님과 함께 한글 박물관에 갔어요. 지루한 장소라 아무도 없을 것 같았는데 의외로 사람들이 가득했어요.

"친구들, 안녕? 난 오늘 한글에 대해 설명해 줄 선생님이에요. 모두 함께 한글의 우수성을 알아보도록 해요. 한글은 발음 기관의 모양을 본따 만든 독창적인 문자랍니다. 혹시 발음 기관에 대해 알고 있나요?"

"아니요!"

"발음 기관은 소리를 내는데 쓰이는 우리 몸의 일부분을 말해요. 입술이나 혀가 바로 발음 기관이에요. 'ㄱ'을 발음할 때 우리 혀는 입천장에 깊숙이 붙으면서 'ㄱ'모양으로 바뀌게 되지요. 'ㄴ'을 발음할 때는 혀의 앞부분이 윗니 뒤에 바짝 붙어 혀가 'ㄴ'모양이 된답니다."

선생님의 설명을 들은 친구들은 다들 혀 모양에 신경을 쓰며 기역과 니은을 발음했어요.

"이처럼 'ㄱ, ㄴ, ㄷ'과 같은 자음은 발음 기관을 본떠 만들었어요. 'ㅏ, ㅑ'와 같은 모음은 하늘과 땅, 사람을 본떠 만들었고요. 지금은 없어졌지만, 둥근 하늘의 모양을 본뜬 'ㆍ(아래 아)'와 서 있는 사람의 모양을 한 'ㅣ', 평평한 땅의 모양인 'ㅡ'에 다시 'ㆍ'와 'ㅡ'나 'ㅣ'를 결합하면 'ㅏ, ㅓ, ㅗ, ㅜ'와 같은 모음이 된답니다."

"설명을 들으니 한글이 어렵지 않고 쉽게 느껴져요."

"그렇죠! 배우기 쉽다는 점이 한글의 대표적인 우수성이랍니다. 한자는 문자 하나하나가 의미를 나타내지요. 그래서 수많은 문자와 그에 맞는 의미를 외워야 해요. 반면, 한글은 문자 스스로가 의미를 가지지 않아요. 소리에 따라 모양을 달리하기 때문에 24자만 익히면 그것을 조합해 수없이 많은 단어를 만들 수 있답니다."

"선생님, 영어도 알파벳으로 단어를 만드는 말이잖아요. 그럼 영어와 한글은 똑같은 문자인가요?"

동그란 안경을 끼고 수첩에 이것저것을 적던 여자아이가 물었어요.

"그렇죠. 하지만 영어의 경우 하나의 모음에서 여러 가지 소리가 나요. 그래서 어떤 경우에 어떻게 소리가 나는지 헷갈릴 수가 있습니다. 'A'를 생각해 보면 '애'로 소리가 날 때도 있고 '아'로 소리가 날 때도 있어요."

"맞아요. 그래서 영어 단어 외우기가 너무 어려워요."

"그에 비해 한글은 하나의 문자는 하나의 소리만 나니 헷갈릴 걱정이 없어요. 이런 이유 때문에 한글은 세계적으로 인정받았어요. 게다가 한글은 만든 사람과 만들어진 날짜가 명확히 밝혀진 문자예요. 여러분 한글을 만드신 분을 알고 있나요?"

선생님의 이야기를 듣던 아이들은 모두 손을 들었어요. 명준이도 힘껏 손을 들었지요.

"저요! 저요!"

"그래요, 노란색 모자를 쓴 친구가 말해 보세요."

"세종대왕이에요!"

"아주 잘 알고 있군요. 세종대왕은 백성을 사랑하는 마음으로 한글을 만드셨어요. 한글은 누구나 쉽게 배울 수 있는 실용적인 글자예요.

바로 이런 점이 한글의 우수성 중 하나지요. 모두들 세종대왕에게 감사한 마음을 가지며 한글날을 보내도록 해요.”

“네!”

명준이는 부모님과 함께 박물관 안에 있는 한글과 관련된 전시품들을 둘러보았어요. 설명을 들은 뒤에 관람을 한 까닭인지 신기하게 느껴졌어요.

“명준아, 오늘 어땠니?”

집으로 돌아오는 길에 엄마가 명준이에게 물었어요.

“제가 지금까지 한글에 대해 너무 모르고 있었다는 생각이 들었어요. 사실은 오늘이 한글날인지도 몰랐거든요. 아마 제 친구들도 그럴 거예요. 오늘 배운 내용을 친구들에게 알려 줄 생각이에요.”

엄마와 아빠는 명준이를 보며 흐뭇한 미소를 지었어요.

“우리 명준이가 정말 기특하구나.”

“엄마! 아빠! 우리 다 같이 한글에게 생일 축하한다고 말해요!”

명준이의 말에 엄마와 아빠는 고개를 끄덕였어요.

“한글아, 생일 축하해!”

돌아오는 차 안에서 부모님과 명준이의 웃음이 끊이지 않았답니다.

한글은 세계에서 인정받는 위대한 글자지만 우리는 그 소중함을 모른 채 살아가고 있어요. 2013년에 문화체육관광부에서 실시한 설문 조사를 보면 우리가 한글에 대해 얼마나 무심한지 알 수 있어요. 이 조사에서 한글날의 정확한 날짜를 아는 사람은 52퍼센트 밖에 되지 않았어요. 한글날을 왜 10월 9일로 정했는지 모르는 경우도 42퍼센트나 되었지요. 처음 한글을 만들었을 때와 지금의 한글 글자 수를 정확하게 아는 사람도 55퍼센트에 그쳤다고 해요. 한글이 얼마나 과학적이고 훌륭한 언어인지는 오히려 외국에서 더 인정받고 있어요. 매우 안타까운 일이지요.

세종대왕은 백성을 사랑하는 마음으로 한글을 만들었어요. 집현전의 대부분의 학자들과 신하들은 강하게 상소를 올려 훈민정음을 세상에 알리는 것을 반대했지요. 일반 백성들이 글자를 몰라야 통치하기에 편하다는 생각이 있었기 때문이었어요. 또한 중국과의 관계도 생각했던 거고요. 하지만 세종대왕은 백성에게 글을 가르칠 것을 끝까지 주장해 마침내 훈민정음을 세상에 내놓을 수 있었어요. 세종대왕의 백성을 아끼는 마음이 지금의 한글을 만들게 된 거예요.

　다음은 앞에서 이야기했던 문화체육관광부에서 조사한 설문이에요. 여러분도 한번 풀어 보세요.

1. 한글날인 10월 9일은 어떤 날을 기준으로 삼은 날인가요?
　훈민정음 반포일

2. 한글을 창제한 해와 반포한 해는 언제인가요?
　1443년, 1446년

3. 'ㄱ, ㄴ, ㅁ, ㅅ, ㅇ' 등의 자음은 무엇을 본떠 만들었을까요?
　혀, 입(입술), 이, 목구멍 등의 발음 기관의 모양

4. 'ㆍ(아래 아), ㅡ, ㅣ' 등의 모음 글자는 무엇을 본떠 만들었을까요?
　하늘, 땅, 사람

5. 훈민정음 해설서 제목은 무엇일까요?
　훈민정음 해례본

6. 15세기 훈민정음 반포 때의 한글의 개수와 지금의 개수는 몇 개일까요?
28자, 24자

7. 'ㄱ, ㄷ, ㅅ, ㅊ, ㅌ'의 이름은 무엇인가요?
기역, 디귿, 시옷, 치읓, 티읕

유네스코에서는 9월 8일 세계 문해의 날에 '세종대왕 문해상'을 만들어 세계 문맹 퇴치에 앞장선 단체나 사람에게 매년 상을 주고 있어요. 세종대왕의 백성을 사랑하는 마음을 기리는 거지요. 이 정도로 세종대왕의 업적과 훈민정음의 위대함이 세계적으로 인정받고 있답니다.

7 세계인이 한글을 배우고 있어요

"한국에서 반가운 손님이 오셨어요!"

인도네시아 바우바우 시에 살고 있는 얀토는 9살의 남학생이에요. 오늘은 얀토의 학교에서 한글을 가르쳐 주러 한국에서 선생님이 오셨어요.

인도네시아 바우바우 시에는 소수 민족인 '찌아찌아족'이 살고 있어요. 찌아찌아족에게는 '찌아찌아어'라는 언어가 있어요. 하지만 찌아찌아어를 적을 글자는 없었지요.

"앞으로 한글로 찌아찌아어를 적을 수 있을 거예요. 자, 여러분께 한국 선생님을 소개할게요."

"여러분, 안녕하세요? 나는 한국에서 온 김영민이에요. 여러분이 사용하는 찌아찌아어에는 글자가 없다고 들었어요. 그래서 찌아찌아어 대신 인도네시아어나 로마자를 사용한다고 하던데……. 맞나요?"

김영민 선생님의 질문에 얀토가 대표로 대답했어요.

"맞아요. 그런데 지금처럼 인도네시아어와 로마자를 사용해서 찌아찌아어를 적으면 안 되나요?"

선생님은 얀토를 보고 씽긋 웃더니 대답했어요.

"인도네시아어와 찌아찌아어는 소리는 같지만 뜻이 다른 글자가 많아요. 여러분이 인도네시아어와 찌아찌아어를 섞어 쓴다면 어떻게 될까요? 뜻 차이 때문에 많은 찌아찌아어가 사라질 거예요. 찌아찌아어가 사라지고 결국에는 인도네시아어만 남게 될 거예요. 여러분은 찌아찌아어가 사라져도 괜찮은가요?"

"아니요! 그건 싫어요."

아이들은 고개를 세차게 흔들며 소리를 지르며 말했어요. 모두들 찌아찌아어가 사라지는 게 싫었거든요.

"맞아요. 찌아찌아어가 없어지면 안 되지요. 모두들 찌아찌아어를 아끼고 사랑하며 오래도록 지켜나가야 해요. 찌아찌아어를 다른 나라 글자를 이용해서 적으면 모두 적을 수 없을 거예요. 표현하기 힘든 말들도 많고, 복잡하거든요. 그런데 한글의 자음과 모음의 24자만 외우면 찌아찌아어를 모두 적을 수 있게 된답니다. 앞으로 여러분에게 한글을 가르쳐 줄게요. 선생님과 함께 한글을 배우도록 해요."

선생님의 말이 끝나자마자, 아이들의 눈이 반짝였어요. 그동안 글자가 없어서 불편했던 것들이 생각났어요. 게다가 한글 24자만 외우면 된다니 매우 기뻤어요.

선생님은 한글의 자음과 모음을 칠판에 적기 시작했어요. 얀토를 비롯한 학생들은 선생님을 따라 한글을 공책에 적었지요.

'한글은 정말 예쁜 글자구나. 한글에는 내가 좋아하는 엄마의 얼굴도 보이고, 교실의 창문도 보여.'

얀토에게는 한글의 'ㅇ'은 사람의 얼굴이나 과일처럼 보였어요. 또 'ㅁ', 'ㅂ', 'ㅍ'은 교실의 창문이나 책처럼 보이기도 했지요.

모두들 한글의 24자만 알면 찌아찌아

어를 글자로 표시할 수 있다는 게 믿어지

지 않았어요. 글자의 모양도 알파벳이나

로마자보다 예쁘고 귀여웠어요.

"자, 여러분 모두 적었나요? 선생님을 따라 한글을 읽어 보도록

해요. 기역, 니은, 디귿……."

"기역, 니은, 디귿……."

교실은 한글 읽는 소리로 가득 찼어요.

"오늘 배운 한글 24자는 내일까지

모두 외워 오도록 해요. 선생님

과 여러 번 읽어 보았으니 어

렵지 않을 거예요. 한글을 배

워 보니 어땠나요? 가장 큰

소리로 한글을 읽었던 얀토가

대답해 볼까요?"

"저는 평소에도 한국을 좋아했어

요. 드라마나 영화도 즐겨 보고 태

권도도 좋아해요. 한글을 배울 수

있어서 기뻐요. 찌아찌아어를 적을

수도 있고, 또 열심히 한글을 배우다

보면 한국어도 잘할 수 있게 되겠지요? 앞으로 한글을 열심히 배워 한국에 가고 싶어요. 그래서 겨울에 내리는 하얀 눈을 보고 싶어요."

얀토가 사는 인도네시아는 사계절 내내 여름이었어요. 그래서 추운 겨울에만 내리는 눈을 볼 기회가 없었어요.

"얀토의 꿈이 정말 멋지구나! 교실에 있는 친구들도 모두 얀토처럼 한글을 통해 자신의 꿈을 꼭 이뤘으면 좋겠어요."

수업이 끝나고 얀토는 가벼운 발걸음으로 집으로 돌아갔어요. 오늘따라 푸른 하늘과 넓은 바다가 더욱 아름다워 보였어요. 집에 도착하자 엄마가 반갑게 맞아 주었어요.

"학교에 잘 다녀왔니?"

"네, 엄마. 오늘 학교에 누가 오셨는지 아세요?"

"글쎄, 누가 오셨는데?"

"글자를 가르쳐 주시려고 한국에서 선생님이 오셨어요. 앞으로 한글로 찌아찌아어를 적을 수 있게 도와주신다고 하셨어요."

"찌아찌아어를 한글로? 그것참, 잘됐구나."

"엄마도 저처럼 한국을 좋아하시죠? 그래서 한글을 배우는 게 좋으시죠?"

얀토의 말에 엄마의 표정이 밝아졌어요. 사실 얀토의 엄마는 텔레비전에서 한국의 드라마를 본 적이 있었거든요.

"그래. 한국을 좋아하기 때문에 한글을 배우는 것이 반갑지만, 한글을 배우는 것이 좋은 가장 큰 이유는 따로 있단다."

"다른 이유가 있다고요? 궁금해요. 이야기해 주세요."

"얀토는 아직 어려서 잘 모르겠지만, 찌아찌아 부족에는 오랜 역사와 전통이 있단다. 그러나 문자가 없어서 역사와 전통을 기록으로 남길 수 없었지. 그러다 보니 귀중한 역사와 전통이 잊혀 사라지고 있었지."

엄마는 얀토에게 말하다 말고 한숨을 쉬었어요. 한참을 슬픈 표정으로 있다가 얀토에게 다시 말했어요.

"앞으로 찌아찌아어를 적을 수 있으면 우리의 역사와 전통을 책으로 남길 수 있을 거야. 그럼 얀토의 자식은 물론 후손들에게 찌아찌아 부족의 역사와 전통을 물려줄 수 있지."

"엄마, 역사와 전통을 기록해서 남기는 것이 이렇게 중요한 지 처음 알았어요. 저는 우리 부족이 참 좋아요. 그래서 앞으로도 우리 부족의 역사와 전통을 오래오래 지키고 싶어요."

얀토의 말에 엄마는 머리를 쓰다듬어 주었어요.

"그래, 우리 얀토가 정말 기특한 소리를 하는구나. 그러려면 앞으로 열심히 한글을 배워야겠지? 나중에는 얀토가 엄마에게도 한글을 가르쳐 줬으면 좋겠구나."

"엄마, 저만 믿으세요!"

얀토는 책상에 앉아 수업 시간에 한글을 적었던 공책을 폈어요. 그리고 밤이 늦을 때까지 오랫동안 한글 공부를 했어요.

이튿날, 학교에 가던 얀토는 짝꿍 디히라를 만났어요.

"얀토야, 안녕? 한글 공부는 많이 했니?"

"당연하지! 얼마나 열심히 공부했는데……."

"나도 마찬가지야! 내가 한글 공부를 하니 우리 아빠도 정말 좋아하셨어. 나중에 아빠에게도 한글을 가르쳐 드릴 거야!"

"응, 나도 엄마께 한글을 가르쳐 드리기로 약속했어. 엄마가 글자가 생기면 찌아찌아족의 역사와 전통을 기록할 수 있을 거래."

"우리 아빠도 비슷한 말을 했어. 아빠가 나처럼 어린아이였을 때, 할아버지가 아빠에게 재미있는 이야기를 많이 들려주셨다고 해. 그래서 그 이야기를 나한테도 들려주고 싶은데 제대로 기억이 나지 않는대……."

"정말 아쉽구나."

"앞으로 글자를 배우게 되면 이야기를 모두 적어둘 거래. 그러면 오랜 시간이 흘러도 잊어버리지 않을 수 있으니까. 또 이야기가 궁금할 때마다 언제든지 읽을 수도 있어."

"디히라, 너희 아버지가 이야기를 책으로 적게 되면 꼭 나에게도 빌려 줘야 한다?"

"그럼 당연하지."

얀토와 디히라는 마주 보고 웃었어요. 새삼스럽게 한글이 고마워졌어요.

"한글은 정말 고마운 글자 같아. 글자가 생기니 좋은 점도 많아지고. 그렇지?"

"맞아. 앞으로 한글 공부도 더욱 열심히 할 거야."

"나 한글한테 감사 인사를 하고 싶어. 우리 찌아찌아족에게 와 줘서 정말 고맙다고 말이야."

"나도 하고 싶어! 우리 같이 할까?"

"그래! 하나, 둘, 셋 하면 하는 거야. 하나, 둘, 셋!"

"마리마까시(고마워요), 한글!"

"이소오 꾸라꾸라 보도! 비나땅 뿌리에 빠깔루아라노 하

떼노? 불라이!"

"찌아모 마이 까라지아 아가아노 땅까노모 띠뽀자가니

마이돔바……."

여러분 이것은 어느 나라 언어일까요? '혹시 외계인들이 쓰는 외계

어는 아닐까?'라고 생각하는 친구도 있을 거예요.

뜻은 알 수 없지만 글자는 읽을 수 있었을 거예요. 이 글은 2009년

7월 21일부터 교육에 활용 중인 '한글로 된 찌아찌아어 교과서'에

실린 일부 내용이에요.

2010년 7월에 인도네시아 정부가 한글 사용을 공식 승인하면서

한글이 찌아찌아족의 공식 문자가 되었답니다. 하지만 안타깝게도

2012년 말에 인도네시아 바우바우 시의 한국어 교육 기관과 한국인

선생님이 모두 철수했다고 해요. 경제적인 어려움과 문화적 갈등 때

문에 어쩔 수 없었다고 해요.

찌아찌아족 뿐만 아니라 우리나라의 많은 사람도 뉴스에서 이 소식을 접하고 안타까워했어요. 하지만 다행스럽게도 많은 사람의 도움으로 2013년 9월에 다시 세종학당이 열려 한글 수업이 다시 시작되었다고 해요.

그런데 찌아찌아족은 많은 글자 중에서 왜 한글을 사용했을까요? 세계 공용어인 영어도 있고 일본어나 중국어도 있는데 말이에요.

한글은 소리에 따라 기록하는 소리글자로 만들어졌어요. 소리글자는 사람이 말하는 소리를 그대로 나타내서 표현하는 글자를 말해요. 찌아찌아어를 있는 그대로 한글로 적을 수 있기 때문에 한글을 배운거예요.

사실 다른 나라의 언어를 가져와 사용한다는 것은 힘든 결정이지요. 잘못하면 문화적 침략을 당할 수 있는 위험이 있으니까요. 우리 글자인 한글이 찌아찌아족의 문화를 존중하면서 찌아찌아족에게 꼭 필요한 언어가 되길 바라요. 그래야 세계인들에게 한글의 위대함을 더 확실하게 증명할 수 있으니까요.

PART 2

국어 공부,
이렇게 하세요

내 국어 실력을
잘 모르겠어요

점심시간이 지나고 5교시 국어 시간이 되었어요.

"오늘은 꿈에 대해서 이야기하기로 했지? 누가 먼저 발표해 볼래?"

지난 수업 시간에 선생님은 미래의 꿈을 생각해 오는 숙제를 내 줬어요. 친구들은 저마다 공책에 자신의 꿈을 가득 적어 왔지요. 제일 먼저 반장인 영훈이가 손을 들고 발표했어요.

"저의 꿈은 경찰관입니다. 경찰이 되어서 어려운 사람을 돕고 나쁜 사람은 혼내 주고 싶습니다."

'맞아, 영훈이는 우리 반에서 체육을 가장 잘하지! 달리기도 빠르고 말이야. 경찰이랑 잘 어울려.'

짝꿍인 나은이는 경찰이 된 영훈이의 모습을 상상했어요.

"영훈이의 꿈이 경찰관이었구나! 자, 다음은 누가 발표해 볼까? 짝꿍인 나은이가 발표해 볼까?"

나은이가 머뭇거리며 자리에서 일어났어요. 나은이는 사람들 앞에 나서는 것을 부끄러워했어요. 나은이는 작은 소리로 발표를 시작했어요.

"제 꿈은 국어 선생님입니다."

"나은아, 안 들려! 더 크게 말해 봐!"

친구들은 나은이에게 목소리가 작다고 소리쳤어요.

"자, 조용! 나은이가 용기를 내서 말할 수 있도록 우리 모두 박수를 쳐 주자!"

선생님과 박수를 쳐 주는 친구들 덕분에 나은이는 힘을 얻었어요. 크게 숨을 들이마시고 다시 발표를 했어요.

"제 꿈은 국어 선생님입니다. 학생들에게 국어를 가르쳐 주고 싶습니다.”

나은이의 발표를 듣고 선생님이 고개를 끄덕였어요.

“그래, 우리 나은이는 국어 선생님이 되고 싶구나. 앞으로 국어 공부를 열심히 해서 꼭 꿈을 이루었으면 좋겠다.”

반 친구들 모두 자신의 꿈을 발표했어요. 나은이는 친구들의 발표를 들을 때마다 모두들 잘 어울리는 꿈을 찾았다고 생각했어요.

“네 꿈이 국어 선생님이라고?”

쉬는 시간, 장난꾸러기 명수가 나은이에게 다가와서 물었어요. 나은이의 얼굴이 사과처럼 빨개졌어요.

“나은이 네가 어떻게 국어 선생님을 한다는 거야? 넌 목소리도 작고 국어도 잘 못하잖아.”

“맞아, 맞아.”

명수의 말에 친구들은 맞장구를 치며 비웃었어요.

“아냐, 나 국어 잘해.”

나은이는 화가 나서 큰 목소리로 말했어요.

“네가 국어를 잘한다고? 그걸 우리가 어떻게 믿니?”

"맞아, 난 나은이가 국어 시험을 볼 때 백 점을 맞는 걸 본 적이 없어."

"차라리 항상 국어 시험에서 백 점을 받는 미영이가 국어 선생님이랑 어울려."

친구들은 나은이에게 상처 되는 말을 아무렇지 않게 했어요. 나은이는 친구들의 말을 듣고만 있다가 결국 눈물을 흘리고 말았어요.

"너희 지금 뭐하는 거야?"

나은이의 짝꿍 영훈이가 몰려든 친구들 사이를 비집고 나타났어요.

"영훈아, 네 생각에 나은이가 국어 선생님이랑 어울린다고 생각해? 나은이는 국어를 잘 못하잖아. 미영이가 훨씬 국어를 잘하거든. 난 나은이가 책을 읽는 것도 본 적이 없어."

명수는 비웃으며 영훈이에게 말했어요.

"그러는 명수 너는 국어를 얼마나 잘하는데?"

갑작스러운 영훈이의 질문에 명수는 당황했어요.

"난 나은이보다는 잘할 자신이 있어."

"겨우 국어 성적 조금 더 잘 나온다고 뽐내는 거야? 진정한 국어 실력은 시험으로 평가하는 게 아니야.”

영훈이의 말에 명수는 얼굴이 벌게져서 소리쳤어요.

“그럼 어떤 걸로 국어 실력을 평가할 수 있는데? 당연히 시

맞아!

맞아!

국어 실력이 중요해!

험으로 평가하는 것 아냐?”

명수의 말에 친구들은 모두 동의했어요. 나은이를

도와주려던 영훈이도 더는 대답하지 못하고 우물쭈물했

어요.

"나은이랑 놀더니 영훈이 너도 말을 제대로 못 하네!"

짓궂은 명수의 장난에 영훈이는 꿀 먹은 벙어리가 되었고, 나은이는 결국 펑펑 울었어요.

"거기 무슨 일이지?"

갑작스러운 선생님의 목소리에 아이들은 모두 깜짝 놀랐어요. 명수와 영훈이의 이야기에 집중하느라 수업 시작을 알리는 종소리도 듣지 못했던 거예요.

"수업이 시작된 지가 언제인데 자리에 앉지도 않고. 도대체 무슨 일이야? 반장이 말해 볼래?"

아이들은 재빨리 자리에 가서 앉았어요. 영훈이는 난처한 표정으로 말했어요.

"선생님, 궁금한 게 있어서 그랬습니다!"

영훈이는 큰 소리로 말했어요.

"그래, 얘기해 보렴."

"국어 실력은 국어 시험으로만 알 수 있나요?"

"글쎄……. 물론 국어 시험도 국어 실력을 평가해 주는 중요한 방법 중 하나지. 하지만 그렇다고 국어 시험이 국어 실력을 평가해 주는 전체라고는 할 수 없지."

"그럼 어떤 것으로 국어 실력을 평가할 수 있어요?"

"그건 숙제로 내 줘야겠다. 수업 준비를 하지 않은 벌로 내 주는 거야. 국어 실력을 알 수 있는 방법을 한 사람당 세 개씩 알아 오도록 해."

"아이, 선생님."

선생님의 말씀에 모두들 얼굴을 찌푸리며 소리쳤어요.

"자, 자, 조용! 숙제를 하지 않은 친구들은 청소를 시킬 테니 그리 알아. 어서 책 펴!"

"괜히 숙제 하나가 더 생겼네. 한국 사람이면 모두 국어를 잘하는 거지, 국어 시험 말고 뭐로 실력을 평가한단 말이야. 선생님도 참."

"수업 종소리를 못 들어서 괜히 숙제만 하게 생겼어. 아이, 귀찮아."

수업이 끝나고 친구들은 볼멘소리를 하며 집으로 돌아갔어요. 나은이는 괜히 자기 때문에 숙제가 생긴 것 같아 마음이 불편했어요. 집으로 돌아와서는 한참을 책상에 멍하니 앉아 있었어요.

'어떤 것으로 내 국어 실력을 평가할 수 있을까?'

나은이는 오래오래 고민하다가 공책에 글씨를 써 내려가기 시작했어요.

1. 어려운 단어를 많이 알고 있는지 확인하면 된다.
2. 책을 읽을 때 모르는 단어의 개수를 확인하면 된다.
3. 어른들과 대화를 할 때 어려운 단어를 이해할 수 있는지 확인하면 된다.

나은이는 단어를 얼마나 아는지가 국어 실력을 평가하는 것이라고 생각했어요. 평상시에 책을 읽을 때 어려운 단어나 부모님과 대화할 때 이해 못 하는 단어들이 있었기 때문이에요. 나은이는 숙제를 다하고도 단어가 국어 실력을 평가하는 게 맞는지 오래도록 고민하느라 쉽게 잠이 들지 못했어요.

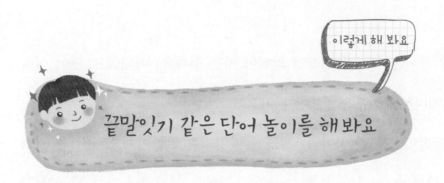

끝말잇기 같은 단어 놀이를 해 봐요

이렇게 해 봐요

우리나라 사람이라면 국어는 누구나 잘할 수 있다고 생각하는 친구들이 많을 거예요. 국어는 영어보다 쉽다고 생각하는 친구들도 많을 거고, 국어가 제일 쉬운 과목이라고 생각하는 친구도 있을 거예요.

그런데 학년이 높아질수록 국어는 점점 어려워져요. 단어가 어려워지기도 하고, 문장이 길어지기도 하고, 하나의 단어가 여러 가지 뜻으로 해석되기도 하거든요. 이런 이유로 국어는 단어 하나하나의 의미가 중요한 과목이에요. 단어 실력이 좋아지면 그만큼 국어 실력도 좋아진다고 할 수 있어요. 따라서 나은이가 고민한 단어 실력이 국어 실력을 평가하는 가장 기본적인 도구가 맞아요. 단어 실력이 기본이 되어야 국어도 잘할 수 있는 거랍니다.

이렇게 중요한 단어 실력을 재미있게 키울 수 있는 방법은 없을까요? 영어 단어처럼 무작정 외워야 하는 걸까요? 아니에요, 단어 실력을 재미있게 키우는 방법은 많아요.

끝말잇기를 한 적이 있나요? 끝말잇기란 말놀이예요. 규칙은 저마다 다를 수 있지만, 보통 누군가가 단어를 제시하면 다른 친구가 그 단어의 마지막 음절로 시작되는 단어를 말하면 되지요. 이런 식으로 계속 돌아가면서 마지막 음절로 시작하는 낱말을 이으며 즐기는 게임이에요. 끝말잇기는 2명 이상만 되면 할 수 있는 재미있는 말놀이예요. 차례가 돌아온 친구가 다른 친구가 말한 단어의 끝음절로 시작되는 단어를 찾지 못하면 지는 거예요.

친구들과 하는 것도 재미있지만 가족들과 하면 더 좋아요. 평소 바빠서 시간을 보내지 못했던 아빠와 끝말잇기를 하는 것도 재미있어요. 단어를 이어 가는 것 자체만으로도 아빠와 소중한 추억을 만들 수 있거든요.

다른 단어 놀이도 있어요. 그림이나 사진을 보고 떠오르는 단어나 생각을 번갈아 이야기하는 놀이예요. 그림이나 사진만 있으면 할 수 있는 간단한 놀이지요. 이것은 '새말 짓기'라는 놀이예요.

하루에 있었던 많은 일 중에 가장 인상 깊었던 일을 간단한 문장으로 표현해 보는 것도 좋아요. 종이에 사진을 찢어 붙이거나 그림을 그린 뒤에 세 가지 정도의 문장으로 간단하게 표현하는 거지요.

이렇듯 간단한 놀이들을 통해 단어 실력을 키울 수 있어요. 점점 더 국어와 친해질 수 있게 되고, 국어 실력도 점점 더 쌓을 수 있게 된답니다.

2 내 의견을 조리있게 말할 수 없어요

"이건 우리만의 비밀 수첩이야. 하루도 빠트리지 말고 돌아가면서 쓰도록 하자."

윤정이와 혜미, 단비는 단짝이에요. 쉬는 시간에도 수업이 끝나고도 셋은 항상 붙어 다녔어요. 단짝 친구가 된 세 사람은 자신만의 이야기를 적는 비밀 수첩을 쓰기로 했어요.

"아무한테도 보여 주지 말자. 꼭 우리 셋만 보는 거야. 알겠지?"

"그래, 좋아."

윤정이와 혜미, 단비는 문구점에 가서 수첩을 한참 구경했어요. 셋은 분홍색 표지에 하트가 그려진 수첩을 골랐어요.

"누구부터 쓸까? 윤정아, 네가 먼저 쓸래?"

"좋아! 나 쓰고 그다음에는 누가 쓸 거야?"

윤정이의 말이 끝나자마자 혜미가 팔짝팔짝 뛰며 손을 들었어요.

"내가 두 번째로 쓸래. 단비가 마지막으로 쓰면 되겠다. 괜찮지?"

"그래, 좋아."

비밀 수첩을 쓰는 순서는 윤정이, 혜미, 단비의 순서로 결정했어요. 순서가 결정되고 세 명은 하루도 빠짐없이 비밀 수첩을 쓰기 시작했어요. 셋은 수첩을 볼 때마다 그들만의 비밀이 늘어나는 것 같아 기분이 좋았어요.

오늘은 윤정이가 비밀 수첩을 쓰는 날이었어요.

"언니, 이게 뭐야?"

저녁 식사 후 방에서 비밀 수첩을 쓰고 있는 윤정이 곁으로 동생 윤희가 다가와 물었어요.

"이건 언니 친구들이랑 쓰는 비밀 수첩이야."

"비밀 수첩? 우아, 멋지다. 언니, 나도 좀 보여 주면 안 돼?"

"안 돼."

"내용은 읽지 않을 거야. 수첩만 만져 보게 해 줘!"

"안 돼, 저리 가."

윤정이는 화를 내며 안 된다고 소리쳤어요. 하지만 막무가내로 떼를 쓰는 동생 때문에 화가 났어요. 결국 화가 머리끝까지 난 윤정이는 동생을 한 대 때리고 말았어요.

동생은 바닥에 주저앉아 울기 시작했어요. 동생의 울음소리를 들은 엄마가 방으로 들어왔어요.

"왜 싸우고 그러니?"

"윤희가 제 비밀 수첩을 보려고 하잖아요. 안 된다고 해도 계속 보여 달라고 하고……. 진짜 짜증나요!"

"수첩이 예뻐서 수첩만 보려고 한 거예요!"

윤정이와 윤희는 엄마에게 상대방이 나쁘다고 외쳤어요.

"조용! 둘 다 그렇게 소리만 질러 대면 엄마가 알아들을 수 없잖니. 윤정이부터 이야기해 보렴."

"그게……. 윤희가 내 비밀 수첩을 만지려고 했어요! 너 때문에 지금 이렇게 된 거잖아. 너 때문에 엄마한테 혼나게 되었잖아. 정말 짜증나!"

"아니에요, 전 수첩 모양만 보여달라고 했어요. 모양이 궁금해서 그랬던 건데……. 언니가 갑자기 말을 안 듣는다고 때렸단 말이에요. 전 억울해요."

평소 윤정이보다 말을 잘하는 윤희는 자신이 유리한 쪽으로 엄마에게 말했어요.

"윤정이 너는 언니가 되어서 동생한테 양보도 안 하면 어떡하니? 거기다가 동생을 때리면 어떡해! 빨리 윤희한테 사과하렴."

"싫어요. 내가 왜 양보해야 하는데요? 윤희가 고집을 부려서 그런 건데 엄마는 왜 동생만 예뻐해요?"

엄마의 말이 서운했던 윤정이는 울먹거리며 큰 소리로 말했어요.

"윤정아, 동생이 잘못하면 이해해 줘야지. 아무리 그래도 동생을 때리는 건 나쁜 행동이야."

윤정이는 억울한 마음에 말문이 막혔어요. 답답한 마음에 책상 위의 물건을 바닥에 던져 버렸어요. 물건을 던진 행동 때문에 엄마는

몹시 화가 났어요. 그래서 윤정이는 거실에서 손을 들고 벌을 서야
했어요. 그 사이 윤희는 비밀 수첩을 읽기 시작했어요. 그러더니 자기
반 친구들과 컴퓨터 메신저를 했어요.

'윤희는 내 동생이지만 너무 얄미워, 엄마 앞에서 여우 같이 행동하
고 자기한테 유리한 대로 저렇게 말을 해 버리고 말이야!'

이 일이 있고 며칠이 지났어요. 윤정이가 비밀 수첩을 받을 차례가
되었지요.

"앞으로 윤정이 너는 비밀 수첩을 쓰지 않아도 돼."

"너, 비밀 수첩에 쓴 내용을 다른 아이들한테 말했더라? 우리하고
한 약속 잊었어?"

혜미와 단비가 윤정이를 쏘아붙이며 말했어요. 윤정이는 친구들이
노려보며 화를 내자 당황했어요.

"아니야, 난 아무한테도 말하지 않았어. 정말이야!"

"됐어! 너랑은 말하고 싶지 않아. 너 때문에 내가 5반 이영호 좋아
한다고 소문이 다 났어. 네가 소문내고서 괜히 핑계 대고 그러지 마!"

"아니라니까. 아, 답답해. 왜 내 말을 안 믿어 주는 거니?"

"그럼, 설명해 봐. 어떻게 내가 5반 이영호를 좋아한다고 소문이 났는지. 혜미는 비밀 수첩을 볼 차례가 아니어서 알지도 못했는데…….
너만 아는 이 일이 왜 모두에게 소문이 났는지 말이야!"

단비가 무섭게 화를 내며 말하자 윤정이는 머릿속이 하얗게 변했어요. 비밀 수첩 때문에 동생과 싸웠던 일을 말하고 싶은데 억울한 마음에 눈물만 자꾸 나왔지요. 윤정이는 말을 제대로 못하는 자신이 너무 답답했어요. 단비와 혜미는 윤정이를 더욱 다그쳤어요.

"왜 말을 안 하는 거니? 말을 해야 우리가 이해를 하든가 말든가 하지!"

윤정이는 온몸에 힘이 풀렸어요. 친구들에게 컴퓨터 메신저로 비밀 수첩의 내용을 말한 윤희도 얄미웠고, 자신에게 막무가내로 화를 내는 친구들도 미웠어요. 하소연이라도 하고 싶었지만, 억울한 마음에 자신의 마음을 더 표현하기 어려웠지요. 무슨 말부터 먼저 해야 할지 막막했어요.

"말해 봐! 어떻게 된 일인지!"

혜미는 윤정이의 팔을 세차게 흔들었어요.

"아니, 아니……."

집에서 있었던 일들이 생각은 났지만, 윤정이는 설명할 수가 없었어요. 그러자 아무 말도 하지 않는 윤정이를 두고 혜미와 단비는 돌아서 가 버렸어요. 우정 때문에 시작한 비밀 수첩이 오해만 남기고 말았어요.

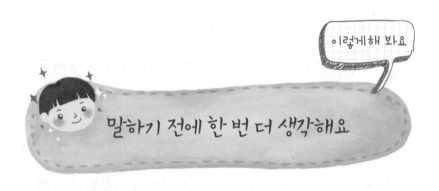

이렇게 해 봐요

말하기 전에 한 번 더 생각해요

머릿속은 하고 싶은 말로 가득하지만 속마음을 제대로 표현하지 못해서 오해가 생긴 적이 있나요? 발표를 하려면 긴장을 해서 말을 버벅거린 적은요? 다른 친구들은 목소리도 크고 똑똑하게 말을 잘하는데 자신이 없어서 말도 못하고 망설이는 모습만 보여 주는 것 같아 속상한 적이 있나요?

　다른 사람들 앞에서 말을 잘 못한다고 의기소침하지 마세요! 조금씩 노력해서 고쳐 가면 되니까요. 말을 하는 것과 잘하는 것은 다르거든요. 말을 잘하려면 상대의 마음까지 생각해야 해요. 그래서 진심을 담아 상대의 마음을 얻을 수 있는 능력을 갖춰야 해요. 또 주장과 근거를 확실히 생각해서 말하다 보면 자신감이 생길 거예요.

　평소 좋지 않은 말버릇을 갖고 있으면 말을 잘할 수 없어요. 아무도 알아듣지 못하는 은어나 다른 사람이 들었을 때 기분이 나쁜 속어를 자주 사용하는 것은 잘못된 행동이에요. 부정적인 말을 사용하는 것보다 긍정적인 말을 사용하는 것이 도움이 되지요. 또 말하기 전에 한 번 더 생각하는 습관도 말을 잘하는 데 좋아요.

　이렇게 하면 말로 인한 실수도 줄일 수 있고 다른 사람에게 상처를 주지 않고 즐겁게 대화할 수 있어요. 친구가 나의 말을 안 들어 준다고 막말을 하거나 내 뜻대로 되지 않는다고 화를 내는 것은 나쁜 행동이랍니다.

　다른 사람의 이야기를 잘 들어 주는 것도 말을 잘하는 데 도움이 되지요. 다른 사람의 말을 열심히 들어 주다 보면, 자신이 미처 생각하지 못한 다양한 의견도 알고 배울 수 있거든요. 이렇게 다른 사람의 의견을 잘 듣다 보면 내 의견을 말할 때 한 번 더 생각할 시간을 벌 수도 있답니다.

책을 읽는 것도 다른 사람의 의견을 들어 주는 것과 같아요. 누군가가 오랜 시간에 걸쳐 얻은 경험을 가장 빠르게 배울 수 있는 것이 책이기 때문이에요. 책을 많이 읽으면 다양한 지혜를 얻을 수 있어요. 이런 것들이 자꾸 쌓이면 말을 잘할 수 있게 되고, 더 나아가 자신의 의견을 논리적으로 표현하는 것이 어렵지 않을 거예요. 이 모든 것들은 우리말을 잘하는 방법이고, 이것들로 인해 국어 공부도 잘할 수 있게 되는 거랍니다.

3

오르는 단어가
너무 많아요

"준우야, 어서 텔레비전 끄고 들어가! 빨리 숙제해야지!"

"아이참, 알겠다고요."

준우가 가장 좋아하는 것은 텔레비전이에요. 준우는 학교에서 돌아오면 가방을 벗어 던지고 곧장 텔레비전을 켜요. 만화부터 드라마까지 준우는 모든 텔레비전 프로그램을 보지요. 씻지도 않고, 숙제도하지 않고 텔레비전만 보는 준우 때문에 엄마는 걱정이 이만저만 아니었어요. 오늘도 엄마는 화가 머리끝까지 났어요. 그래도 준우는 신경 쓰지 않고 밤 9시까지 텔레비전을 봤어요.

"나도 더 이상은 모르겠다. 내일 숙제를 안 해서 선생님께 혼이 나든, 늦잠을 자서 지각을 하든 네가 다 알아서 해라!"

엄마는 안방 문을 세게 닫고 들어가 버렸어요. 엄마의 잔소리가 사라지자 준우는 홀가분하게 텔레비전을 봤어요. 새벽이 될 때까지 준우는 텔레비전을 끄지 않았어요.

다음 날, 준우는 엄마가 아무리 깨워도 일어나지 못했어요. 그래서 지각을 하고 말았지요. 게다가 숙제까지 안 해서 선생님께 꾸중을 심하게 듣고 벌 청소까지 남아서 했어요.

준우는 터덜터덜 걸어서 집에 왔어요. 그리고 힘이 다 빠져서 엄마에게 인사를 했어요.

"엄마, 학교 다녀왔습니다."

"그래, 준우 왔니? 어서 손 닦고 숙제할 준비해라."

평소처럼 거실에 책가방을 던진 준우는 깜짝 놀랐어요. 텔레비전이 보이지 않았거든요. 준우는 울기 시작했어요.

"엄마, 텔레비전 어디 갔어요? 설마 버리신 거예요? 으아앙! 내 텔레비전!"

"준우야, 매일 지각하고 숙제까지 안 하면 어떡하니? 매일 엄마에게 숙제 다했다고 거짓말을 했던 거니? 선생님 전화받고 너에게 너무 실망했다. 오늘부터는 텔레비전은 보지 말고, 숙제하고 일찍 자도록해! 매일 텔레비전에 빠져 있는 네 모습을 보니 엄마가 너무 속상해."

엄마는 준우에게 이야기를 하다가 울고 말았어요. 준우는 엄마의 우는 모습을 보자 너무 놀랐어요. 그래서 앞으로는 텔레비전은 안 보고, 숙제도 하고 지각도 하지 않기로 다짐했어요. 준우는 욕실에서 깨끗하게 씻은 다음에 책상에 앉았어요. 조용한 집에서 숙제를 하다 보니 생각보다 금세 끝났어요.

"엄마, 숙제 다했어요."

그러자 엄마는 준우에게 흐뭇한 미소를 지으며 말했어요.

"대견하구나! 집중하니 숙제도 금방 끝낼 수 있지? 사실 그동안 준우가 텔레비전에서 나오는 잘못된 용어를 아무 생각도 없이 사용해서 얼마나 걱정했는지 몰라. 그게 무슨 말인지도 모르고 사용하는 널 보며 텔레비전 대신에 책을 가까이 했으면 싶었어. 지금부터라도 준우 네가 책을 더 많이 읽으면 좋겠구나."

준우는 방에 들어가서 책 한 권을 뽑아 왔어요. 하지만 책 속에 적혀 있는 까만 글자를 보자마자 금세 지루해졌어요.

'아, 졸려. 텔레비전은 재미있는 장면이랑 노래가 많이 나오는데……. 책은 글자만 가득하네.'

갑자기 조용했던 거실에서 아빠의 목소리가 들렸어요. 지루했던 준우는 헐레벌떡 뛰어나갔어요.

"아빠, 다녀오셨어요! 어? 그런데 손에 들고 계신 건 뭐예요?"

"퇴근길에 네 생각이 나서 책을 한 권 사 왔단다. 오늘부터 아빠가 든든한 지원군이 되어 줄게."

"책이요?"

"요즘 네가 쓰는 단어에 나쁜 말이 너무 많더구나! 또 어려운 문장이 나오면 모른다고 쉽게 포기해 버리고. 그 모습에 아빠와 엄마는 너무 속상했었단다."

아빠의 말이 끝나자 엄마가 말했어요.

"우리는 너에게 힘이 되기 위해 오늘부터 너를 도울 거야. 책을 읽고 모르는 단어가 나오면 국어사전을 이용하자. 모르는 단어는 꼭 찾아서 알고 넘어가는 거야."

"네. 그렇게 할게요."

준우는 부모님과 약속을 하고 방으로 들어가 책을 펼쳤어요. 저녁을 먹은 다음에는 아빠가 보는 신문을 같이 보기도 했지요. 신문을 보던 준우는 숨이 턱턱 막혔어요. 모르는 단어가 너무 많았기 때문이었지요.

'유도, 개최, 범람. 이게 다 무슨 말이지? 이렇게 어려운 단어가 있다니……'

준우는 책이나 신문을 읽을 때마다 이해되지 않는 단어가 많았어요. 그래서 답답했어요. 분명 읽을 수는 있었지만 그 뜻을 이해할 수 없었지요. 그런 준우의 속마음을 아는 것처럼 아빠는 말했어요.

"우리 준우, 모르는 단어들 때문에 힘들지?"

"네, 아빠. 책 대신 쉬운 텔레비전이 보고 싶어요."

"매일 쉬운 것만 하면 그것도 재미없지. 모르는 단어가 있다면 국어사전을 펼쳐 보렴. 사전 찾는 법은 예전에 배웠지?"

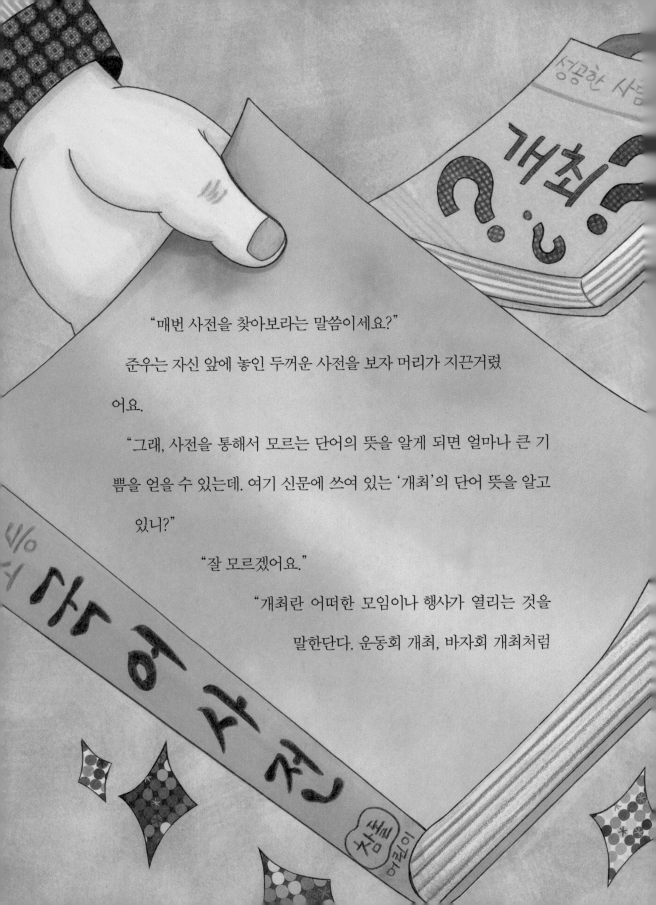

"매번 사전을 찾아보라는 말씀이세요?"

준우는 자신 앞에 놓인 두꺼운 사전을 보자 머리가 지끈거렸

어요.

"그래, 사전을 통해서 모르는 단어의 뜻을 알게 되면 얼마나 큰 기

쁨을 얻을 수 있는데. 여기 신문에 쓰여 있는 '개최'의 단어 뜻을 알고

있니?"

"잘 모르겠어요."

"개최란 어떠한 모임이나 행사가 열리는 것을

말한단다. 운동회 개최, 바자회 개최처럼

쓸 수 있지. 어떠니? 우리 준우가 벌써 개최라는 단어를 배우게 되었구나. 앞으로도 어려운 단어가 있을 때마다 국어사전을 찾으렴. 그리고 영어 단어장처럼 국어 단어장을 만드는 거야. 그럼 책을 읽는 게 훨씬 재미있을 거야. 국어 실력도 쑥쑥 향상되고 말이지."

"네. 알겠어요. 나중에 국어 단어장이 두꺼워지면 제 국어 실력도 그만큼 늘어 있겠지요?"

준우의 말에 아빠는 고개를 끄덕이며 머리를 쓰다듬어 주었어요.

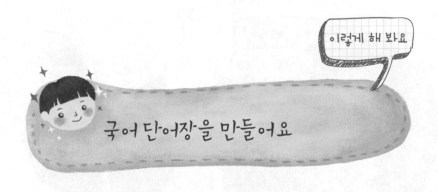

이렇게 해 봐요

국어 단어장을 만들어요

여러분은 영어 단어장을 만든 적이 있나요? 그러면 국어 단어장은요? 많은 친구가 영어 단어장은 만들어서 공부하지만 국어 단어장은 만들지 않아요. 왜 영어 단어장은 열심히 만들면서 국어 단어장은 만들지 않을까요? 영어를 배울 때는 문장을 보기 전에 단어를 먼저 이해하려고 하기 때문이에요. 그렇게 단어 실력을 먼저 쌓으면 영어를 이해하기 쉽거든요. 그런데 국어도 영어와 같이 단어장을 만들어 공부하면 이해력이 풍부해질 수 있답니다.

국어 단어장은 신문이나 책에서 모르는 단어를 발견하면 그때그때 뜻을 적어 보는 것이 좋아요. 국어 실력을 높이기 제일 좋은 방법은 매일 꾸준히 읽는 거예요. 그러기에는 신문이 가장 적당해요. 신문은 처음부터 끝까지 훑어보도록 해요. 간혹 가다가 재미없는 내용이 나온다고 해서 뛰어넘으면 안 된답니다. 신문의 여러 분야를 다 읽는 게 중요하거든요. 왜냐하면 각 분야마다 사용하는 단어가 다르기 때문이에요. 국어 단어장으로 단어를 한 번 알게 되면 그 단어가 들어간 어떤 문장도 쉽게 이해할 수 있어요.

그렇다면 신문은 어떻게 보는 것이 좋을까요? 신문을 볼 때는 어떤 기사가 실렸는지 차례대로 우선 읽어요. 그리고 모르는 단어가 나오면 연습장에 적고, 국어사전에서 단어의 뜻을 찾아서 써요. 그다음에 국어 공책에 쓴 내용을 순서를 정해 적는 거예요. 'ㄱ, ㄴ, ㄷ' 순서로 적거나 종류별로 나눠서 적거나 나만의 규칙을 정해서 적는 것이 좋아요.

처음에는 어린이 신문으로 시작하세요. 어린이 신문을 읽으며 단어장을 채워 가는 거지요. 시간이 지나면 어린이 신문을 막힘없이 읽게 될 정도로 실력이 늘어 있을 거예요.

이렇게 신문 읽기가 익숙해지면 마음에 드는 기사를 공책에 그대로 베껴 써요. 이것을 반복하다 보면 자연스럽게 맞춤법과 띄어쓰기를 배울 수 있어요. 이것도 익숙해지면 마지막으로 기사 하나를 선택해 내 의견을 제시하는 글을 써요. 그러다 보면 국어 실력도 쑥쑥 자라 있고, 논리적으로 생각하는 어린이가 될 수 있을 거예요. 모든 것이 익숙해지면 가족 앞에서 '기사 발표'를 하는 것도 좋은 방법이에요. 오늘 신문에는 어떤 내용이 있었는지 그 기사에 대한 나의 생각은 어떤지 말하는 거지요. 다른 사람 앞에서 발표하는 내용은 머릿속에 쉽게 기억될 수 있어 좋답니다. 또한 새로 알게 된 단어를 이용한 짧은 글짓기를 해 보는 것도 단어 실력에 큰 도움이 될 거예요.

그러면 신문이 있어야만 국어 단어장이 가능하냐고요? 아니에요. 신문 대신에 국어책이나 문제집에서 나오는 단어들을 정리하는 것도 좋아요. 예를 들면 문제와 지문에 등장하는 어휘, 고사성어, 생소한 단어 등을 단어장에 정리하는 것이지요.

어떤 것이든 읽다 모르는 단어가 나오면 일단 멈추고 국어사전을 찾는 거예요. 단어 뜻을 찾고 이해한 뒤에 다시 책을 읽는 습관을 들이세요. 우리가 한국어를 모국어로 쓰지만 모든 단어를 아는 건 아니니까요. 이렇게 국어사전을 가까이하다 보면 단어 실력이 나날이 발전할 거예요. 단어를 많이 알면 그만큼 국어 공부에 큰 도움이 된답니다.

긴 글은 이해하기 어려워요

4

"오늘 우리 반에 전학생이 왔어요. 아직은 학교가 많이 낯설 테니 여러분이 많이 도와주도록 해요. 자, 승민아, 친구들에게 자기소개를 해 볼까?"

"안녕? 내 이름은 이승민이야. 앞으로 너희와 친하게 지내고 싶어. 잘 부탁해."

"가만있자, 승민이가 어디에 앉으면 좋을까? 옳지, 지은이 옆자리 가 비었으니 거기에 앉도록 해라. 지은아, 앞으로 승민이와 사이좋게 지내도록 해라."

"네, 선생님."

지은이는 짝꿍인 희수가 전학을 간 이후로 오래도록 짝이 없었어요. 드디어 새로운 짝꿍이 생겨 기분이 좋았지요. 게다가 전학 온 승민이는 키도 크고 얼굴도 잘생겼어요.

"안녕? 앞으로 잘 부탁한다."

"그래. 궁금한 게 있으면 언제든지 물어봐."

지은이는 벌써부터 승민이와 단짝이 된 것만 같아 기분이 설레었어요. 승민이와 오래오래 친하게 지내고 싶었지요.

쉬는 시간이 되자 승민이 주변으로 친구들이 몰려들었어요.

"승민이 너는 취미가 뭐니?"

"내 취미는 독서야. 책 읽는 것을 아주 좋아해. 컴퓨터 게임이나 텔레비전 보는 것도 좋아하긴 하는데, 그래도 난 책 읽기가 가장 좋아. 차분히 앉아서 책을 읽고 있으면 마치 내가 책 속의 주인공이 된 것 같거든."

승민이의 대답에 친구들은 더욱 호기심을 가졌어요.

"가장 재미있게 읽은 책이 뭐야?"

"《어린 왕자》도 재미있었고,《마지막 잎새》도 재밌게 읽었어."

승민이의 말에 친구들의 눈이 휘둥그레졌어요.《어린 왕자》나《마지막 잎새》란 책 제목을 들어 본 적은 있었지만 읽어 본 적은 없었거든요.

한편 지은이는 친구들 때문에 승민이와 가까워지지 못한 것만 같아 속상했어요. 승민이와 많은 이야기를 나누고 싶어도 틈이 없었어요. 쉬는 시간마다 다른 친구와 이야기하거나 책을 읽어서 쉽게 말을 걸지 못했거든요.

국어 시간이 되었어요. 지은이는 국어 시간을 싫어했어요. 선생님은 항상 교과서에 나온 동시나 소설을 읽고서 줄거리나 느낌에 대해 질문을 했거든요. 더구나 오늘은 친해지고 싶은 승민이 앞이라 더욱 긴장이 되었어요.

"시를 처음 배우면 어려울 거야. 하지만 시도 노래와 같단다. 노래처럼 운율이 있거든. 이 시는 지은이가 읽어 볼래?"

지은이는 떨리는 마음으로 시를 읽어 내려갔어요. 혹시 선생님이 시를 다 읽고 질문을 하지 않을까 조마조마했지요.

"잘 읽었어. 어때, 이 시에 대해서 느끼는 것이 있니? 옆에 있는 승민이가 대답해 볼까?"

"네."

승민이는 자리에서 일어나서 자신의 의견을 거리낌 없이 말했어요. 옆에 있던 지은이는 승민이가 놀랍게 느껴졌어요.

'평소에 책을 가까이한다고 하더니, 그래서 그런가? 어려운 시도 척척 이해하고 대단한걸?'

국어 시간이 끝나고 지은이는 승민이에게 궁금한 것이 생겼어요.

"긴 글도 잘 이해해? 나는 국어 시간만 되면 선생님이 내 생각을 물어보지 않을까 불안해. 이해를 못하니까 자신이 없거든."

"그랬구나, 나도 그랬어. 긴 글만 보면 겁이 났어. 근데 책을 읽기 시작한 후부터 조금씩 변하기 시작했던 거 같아."

"사실 네가 아까 친구들 앞에서 《어린 왕자》를 읽었다고 해서 좀 놀랐어. 나는 그렇게 두꺼운 책을 읽어 본 적이 없거든."

"그랬구나. 《어린 왕자》는 내가 제일 좋아하는 책이야. 사실 이 책

은 처음에는 너무 어려웠어. 이해되지 않는 부분도 있어서 여러 번을

다시 읽었거든."

"정말? 이렇게 똑똑한 네가?"

지은이는 승민이가 《어린 왕자》가 이해되지 않아 여러 번 읽었다

는 게 놀라웠어요.

"노력하지 않고서 얻어지는 것은 없어. 너도 계속 책을 읽다 보

면 잘할 수 있을 거야."

"고마워, 승민아. 네 말을 들으니까 조금은 자

신감이 생기는 것 같아."

"내가 내일 집에 있는 읽기 쉬운 책을

한 권 가져다줄게. 책에 대한 거부감을

없앨 수 있을 거야."

지은이는 자신을 도와주겠다고 말

하는 승민이가 멋져 보였어요.

이렇게 해 봐요

독서 감상문을 써 봐요

감상문이 무엇인지 알고 있나요? 감상문이란 우리가 생활하면서 보고, 듣고, 느낀 것들을 적은 글을 말해요. 감상문에는 누군가에 대한 생각을 적은 글, 자연에 대한 생각을 적은 글, 세상에서 일어나는 일에 대한 생각을 적은 글들이 있어요. 또는 책을 읽고 마음에서 느껴지는 생각이나 텔레비전, 영화를 보고 드는 생각을 적은 글들도 있고요.

그중에서 책을 읽고 쓰는 감상문을 독서 감상문이라고 불러요. 독서 감상문은 책에 대한 자신의 생각이나 감상 등을 자연스럽게 작성하면 돼요.

독서 감상문을 쓰면 국어를 잘할 수 있냐고요? 물론이에요. 독서 감상문은 생각하는 힘을 길러 주거든요. 책 속의 내용과 자신의 생활을 비교해 보기도 하고, 옳고 그른 것을 판단하기도 해요. 독서 감상문은 여러 생각을 할 기회를 주어 생각하는 힘을 기를 수 있게도 하지요. 글 쓰는 힘과 표현 능력도 높여주고요.

독서 감상문은 어떻게 쓰는 것이 좋을까요?

먼저 내용 속에서 가장 인상적인 부분을 중심으로 쓰면 좋아요. 슬픔이나 기쁨, 감동 등을 느꼈다면 그 내용을 중심으로 쓰도록 해요. 줄거리를 소개하고 생각과 느낌을 함께 쓰는 것도 좋아요. 주인공이나 책 속의 인물과 자신의 생각을 비교해 가며 쓰는 방법도 있지요. 초등학교 시절에 글을 쓰는 능력을 키우면 중학교나 고등학교에 가서도 글쓰기가 쉬워질 거예요. 이때 책을 자주 읽으면 교과서나 문제집의 지문도 쉽게 이해할 수 있어요. 긴 글을 제대로 파악하는 것도 국어 실력을 높이는 방법 중에 하나랍니다.

독서 감상문이 부담스럽다면 영화를 보거나 만화를 보고 느낀 점을 간단하게 적는 것도 좋아요. 꼭 독서 감상문이 아니어도 이렇게 작은 소감을 꾸준히 쓰는 것도 큰 도움이 된답니다.

요즘은 인터넷의 발달로 조금만 검색하면 쉽게 글을 베낄 수가 있어요. 이런 것은 나쁜 행동이에요. 생각을 하지 않고 남의 글을 계속 베껴 쓴다면 버릇이 들어 다른 사람의 글에만 의존하게 될지 몰라요. 인터넷에서 글을 베끼지 않고 간단하게라도 스스로 쓰는 습관을 기르도록 해요.

또한 남들과 같은 글을 쓰는 것보다는 좀 더 창의적인 글을 쓰도록 노력하는 것도 필요해요. 혼자 글을 쓰는 것이 힘들다면 가족이나 친구에게 조언을 구하는 것도 좋아요. 표현하는 방법을 찾지 못했다고, 도와달라고 말하는 거지요. 아니면 글이 써지지 않는 부분을 말하고 어떻게 쓰는 게 좋을지 물어보는 것도 방법이에요.

글을 다 썼다고 끝이 아니에요. 쓴 글을 한 번 더 확인해야 해요. 내가 쓰려는 의도가 잘 드러났는지, 띄어쓰기나 틀린 문장은 없는지 마지막까지 점검하도록 하세요. 이러다 보면 글을 쓰는 능력과 함께 국어 실력이 훌쩍 자라 있을 거예요.

머릿속 생각을 글로 표현하기 어려워요

"내일은 학교 백일장이 있어요. 백일장에서 상을 받으면 학교 대표로 전국 백일장에 나갈 수 있답니다. 그러니 모두 내일 있을 백일장을 열심히 준비하도록 하세요."

"네, 선생님!"

친구들은 삼삼오오 모여 백일장 주제에 대해 이야기했어요. 연우도 두근거리는 마음을 가라앉히며 어떤 주제가 나올지 생각해 보았지요.

'어떤 주제가 나올까? 평소 자주 쓰던 산이나 바다에 대한 주제가

나왔으면 좋겠는데……'

연우는 자신이 느낀 것들을 글로 적어 사람들에게 감동을 전할 수 있는 작가가 되고 싶었어요. 그래서 꽃이나 바람, 친구와 같은 주제로 글쓰기 연습을 꾸준히 하고 있었지요. 연우는 자신의 글이 빼곡히 적혀 있는 공책으로 백일장을 준비하기로 했어요.

학교 수업이 모두 끝나고 연우는 옆 반 친구인 예담이와 함께 운동장 그네에 앉아 백일장에 대해 이야기를 했어요. 연우는 예담이에게 자신의 공책을 보여 줬어요.

"우아, 이거 네가 다 쓴 거야?"

예담이는 연우의 연습 공책을 보고 놀라서 물었어요.

"응, 내가 틈틈이 쓴 거야."

"이걸 다? 연우 네가 글을 잘 쓰는 비법이 여기 있었구나. 나도 너처럼 글을 잘 쓰고 싶어."

"예담이 너도 글 쓰는 것을 좋아하잖아."

"난 좋아하긴 하지만 잘 쓰진 못해. 분명 머릿속에는 글로 적고 싶은 많은 생각이 떠오르는데……. 막상 글로 옮기려고 하면 쉽게 쓰지 못하겠어. 내가 느끼는 기분이나 감정을 글로 옮기기란 참 어려운것 같아."

"나도 마찬가지야. 나랑 같은 고민을 하는구나."

예담이의 말에 연우는 놀랐어요.

"너는 글을 잘 쓰면서도 그런 고민을 한단 말이야?"

"그림이 색을 통해 사물의 아름다움을 표현하듯 글도 단어와 문장을 통해 사물의 아름다움을 표현한다고 생각해. 그래서 이런 것들을 어떻게 표현할 수 있을까 항상 고민하지. 예담아, 나와 함께 글 쓰는 연습을 할래?"

"그래, 좋아!"

연우와 예담이는 학교가 끝나면 운동장 그네에서 만나 글쓰기 연습을 하기로 했어요. 예담이는 연우의 말이 쉽게 이해되지 않았지만, 글을 잘 쓰는 연우와 함께할 글쓰기 연습이 무척 기대되었어요.

다음 날, 예담이는 연우와 만나기로 한 운동장으로 한달음에 달려갔어요. 연우는 벌써 와서 기다리고 있었어요.

"안녕? 기다리고 있었어."

"어? 연필과 공책은 어디에 있어?"

예담이는 글을 쓰기로 했으면서 아무것도 없이 그네에 앉아 있는 연우의 모습에 깜짝 놀랐어요.

"넌 글을 쓰기 전에 무엇을 해야 한다고 생각하니?"

"글쎄, 연필이랑 공책을 준비하는 것?"

"그럼 연필과 공책만 있다면 글이 잘 써진다는 거야?"

"그건 아니지만 연필과 공책이 있어야 글을 쓸 수 있잖아."

연우는 연필과 공책을 준비하는 것보다 글을 쓰는 데 중요한 것이 있다고 했어요. 궁금해하는 예담이를 보며 연우가 말했어요.

"우선 우리 가을을 주제로 글을 써 보도록 하자. 벌써 가을이 우리 곁으로 성큼 다가왔어."

연우는 눈을 감고 얼굴을 하늘로 들었어요. 예담이도 연우를 따라 눈을 감았어요. 연우와 예담이의 두 뺨 사이로 서늘한 가을바람이 불어왔어요. 조용히 귀를 기울이니 나뭇잎 떨어지는 소리도 들렸어요.

"예담아, 느껴지니? 가을바람이?"

"응, 아주 시원하네."

연우는 예담이에게 다시 물었어요.

"넌 가을바람을 뭐라고 표현하고 싶어?"

"시원한 가을바람?"

"시원한 말고 다른 걸로 어떻게 표현할 수 있을까?"

연우의 질문은 엉뚱했어요. 예담이는 연우의 질문이 웃겼지만 한번 믿어 보기로 했어요.

"서늘한, 차가운, 산뜻한?"

"그래. 우리말은 비슷한 뜻인데도 다양한 표현이 있지. 눈

을 뜨고 바닥에 있는 낙엽을 볼래?"

연우는 그네 밑에 떨어져 있던 은행잎을 집으며 다시 말했어요.

"네가 보기에는 이게 무슨 색깔 같아?"

"노란색?"

"노란색 말고 다른 색으로 표현해 보면?"

"노르스름한 색? 황토색도 있어."

"그럼 가을바람에 낙엽이 떨어졌다는 내용으로 글을 써 보자."

"서늘한 가을바람에 노르스름한 나뭇잎이 살랑살랑 떨어졌다. 어때?"

"정말 좋은걸! 영어는 노란색을 'Yellow'라는 한 단어로 적고 있지만, 우리말로는 다양한 단어로 표현할 수 있지. 네가 머릿속 생각을 글로 쉽게 적지 못하는 이유는 다양한 표현법에 익숙하지 않아서야. 나는 글을 쓰기 전에 사물을 다양한 방법으로 먼저 표현하고 있어."

예담이는 연우가 글을 잘 쓰는 이유를 알 것 같았어요. 글을 쓰기 전에 다양한 표현 방법을 연습했기 때문이에요.

"연우, 네 말을 들으니깐 앞으로 어떻게 글을 써야 할지 알 것 같아. 생각해 보니 난 글을 보이는 대로만 쓰려고 했어. 내가 느낀 감정을 담아서 쓸 생각을 못했던 것 같아. 그리고 국어에만 있는 아름다운 표현도 활용하지 못했어. ”

"우리 지금부터 '빨강'이라는 주제에 어울리는 것을 운동장에서 찾아보자. 그리고 그것에 대해 표현해 보는 거야!"

연우와 예담이는 운동장 구석구석을 살펴보며 빨간색과 어울리는 물건을 찾아보았어요. 연우는 붉은색 단풍잎과 불그스름한 빛이 도는 돌멩이를 찾았어요. 예담이는 다홍색의 코스모스와 분홍빛의 과자 봉지를 발견했어요. 연우와 예담이는 찾은 물건을 앞다투어 표현했어요.

"예담아, 우리 둘 다 두 개씩 찾았네."

"아니, 나는 한 개 더 찾았어!"

"그게 뭔데?"

"바로 발그스레한 너의 볼!"

예담이의 말에 연우는 웃음을 터트렸어요. 연우와 예담이는 해가 저물 때까지 오래도록 내일 있을 백일장을 연습했어요.

이렇게 해 봐요

동시를 써 봐요

글을 잘 쓰고 싶은데 막상 쓰려면 어떻게 써야 할지 모르겠다고요? 다양한 표현도 해 보고 싶은데 막상 말처럼 쉽게 되지 않지요. 예쁘고 아름다운 단어가 많을 텐데 말이에요. 이런 표현은 어떻게 사용할 수 있을까요? 동시를 많이 읽으면 단어의 다양한 표현 방법을 배울 수 있어요.

동시란 어린이를 위하여 쓴 시예요. 그래서 쉽게 이해할 수 있는 단어로 표현되어 있지요. 어린이의 눈으로 바라보는 세상의 모습을 아름답게 그리고, 어린이의 상상력과 생각으로 이해할 수 있게 쉽게 표현해 놓은 시예요.

동시에서는 비유적인 표현을 주로 사용해요. '비유'란 표현하고자 하는 것을 다른 것에 빗대어 나타내는 방법을 말해요. 비유적인 표현을 사용하면 단어의 의미와 이미지를 훨씬 효과적으로 전달할 수 있어요. 또한 동시에서는 그림을 그리듯 내용을 표현하기도 하고, 사물이나 동물을 사람처럼 표현하기도 해요. 재미있는 소리나 모양을 흉내 내는 의성어, 의태어가 많이 사용해 표현하기도 하고요.

이렇게 예쁜 동시들을 읽다 보면 속에 숨어 있는 다양한 표현 방법을 배울 수 있어요. 같은 '눈'이지만 다르게 표현한 동시 두 편을 읽어 볼까요? 이 시를 보면서 '눈'을 어떻게 다르게 표현했는지 주의해서 보도록 해요. 그리고 시에서 사용한 다양한 표현 방법과 감정 등을 배워 보세요.

눈

윤동주

지난밤에
눈이 소오복히 왔네.

지붕이랑
길이랑 밭이랑
추워한다고
덮어 주는 이불인가 봐.

그러기에
추운 겨울에만 내리지.

눈

이태선

펄펄 눈이 옵니다

바람 타고 눈이 옵니다

하늘나라 선녀님들이

송이송이 하얀 솜을

자꾸자꾸 뿌려 줍니다

자꾸자꾸 뿌려 줍니다

6

맞춤법이
자꾸 틀려요

"여러분, 여러분이 방학 동안 쓴 일기를 모두 확인했어요. 그날 있었던 일을 재미있게 적은 친구도 있었고, 일기가 밀려서인지 대충 적은 친구도 있었어요. 그런데 아직도 맞춤법을 잘 모르는 친구가 많다는 사실이 놀라웠어요. 틀린 맞춤법은 일기장에 표시해 두었으니 확인해 보세요. 반장은 친구들에게 일기장을 돌려주세요!"

"네, 선생님."

방학 내내 여행을 많이 다녔던 용인이는 여행에서 보고 느꼈던 일들을 자세하게 일기장에 적었어요. 용인이는 자신의 여행 일기에 선생님께서 어떤 말씀을 적어 주셨을지 기대했어요. 일기장을 받자마자 떨리는 마음으로 펴 보았어요.

'용인이는 아직 맞춤법을 잘 모르는구나. 일기마다 틀린 맞춤법을 표시했으니 확인하렴.'

용인이는 일기장에 적혀 있는 선생님의 메모를 보고 깜짝 놀랐어요. 그리고 틀린 맞춤법을 확인해 보았지요.

> 방학이라 학교에 가지 않으니 선생님과 친구들이 무척 보고 싶다. 선생님, 빨리 뵙고 싶어요!

"왜 틀렸지? '보고 싶어요'라고 써야 했나?"

"무슨 혼잣말을 그렇게 열심히 하니?"

고민하는 용인이 곁으로 같은 반 친구 혜경이가 다가왔어요. 혜경이는 친구들 사이에서 척척박사라 불렸어요. 용인이는 혜경이에게 맞춤법을 물어보기로 했어요.

"응, 일기장을 보고 있는데, 왜 맞춤법이 틀렸는지 모르겠어."

"그래? 어떤 건데?"

"여기에 '선생님 뵙고 싶어요'라고 썼는데 틀렸다고 표시가 되어 있어서."

"용인아, '뵙고'는 '뵙고'라고 적어야 해."

"정말? 나는 처음 알았네."

"나도 처음에는 맞춤법을 잘 몰랐어. 그래서 자주 틀리는 맞춤법을 정리해서 외웠지. 글을 쓸 때마다 외운 맞춤법을 떠올리면서 적었더니 이제는 완전히 외우게 됐어."

"그래? 그럼 이건 왜 틀렸는지 봐 줄래?"

> 부모님과 함께 외삼촌 댁에 놀러 갔다. 오랜만에 사촌동생들을 보니 챙피했다.

"여기서는 '챙피했다'가 아닌 '창피했다'로 적는 것이 맞아. '챙피'는 '창피'의 사투리거든."

"내가 무심코 쓰는 말 중에 표준어가 아닌 것이 정말 많구나. 앞으로는 주의해야겠어."

"용인아, 모르는 맞춤법이 있으면 또 물어봐."

"고마워, 혜경아."

용인이와 혜경이는 집으로 돌아오는 길에도 맞춤법 이야기를 했어요. 용인이가 헷갈리는 맞춤법을 이야기하면 혜경이가 틀린 부분을 고쳐 주었어요.

"혜경아, 너 정말 대단하다. 나도 너처럼 맞춤법을 정확하게 알면 얼마나 좋을까?

"너도 공부하면 충분히 할 수 있어."

용인이는 혜경이 말대로 맞춤법 공부를 해야겠다고 다짐했어요.

"용인아, 학교 다녀왔니?"

책상에 앉아 공부를 하는 용인이에게 엄마가 다가왔어요.

"네, 엄마. 선생님이 표시해 주신 맞춤법 공부를 하고 있어요."

"선생님께서 틀린 맞춤법을 적어 주셨나 보구나. 엄마도 용인이에게 맞춤법을 알려 주려고 왔는데 말이야. 지난번 엄마 생일에 용인이가 적어 준 편지에 맞춤법이 틀린 단어가 많아서 놀랐거든. 그래서 용인이에게 맞는 표현을 알려 주려고 왔지."

엄마는 가지고 온 편지를 보여 주셨어요. 그러고는 연필로 맞춤법이 틀린 부분을 표시한 후, 용인이에게 편지를 다시 주셨어요. 용인이는 연필 표시가 된 곳을 자세히 봤어요.

> 어머니 저를 나아 주시고 길러 주셔서 정말 감사합니다.

"뭘 틀렸는지 알겠니?"

용인이는 첫 번째 표시를 보고 고개를 갸웃거렸어요.

"아뇨, 잘 모르겠어요."

"여기 '나아 주시고'는 '낳아 주시고'라고 적어야 한단다. '나아'의 표준말은 '낫다'인데 이것은 '상처가 낫다'에 쓰이는 거야. 이건 어떤 상태가 더 좋아지거나 앞서 나가는 것을 말하지. 엄마가 아이를 낳거나 동물이 새끼를 낳는 것은 '낳다'라고 써야 해."

"'나' 밑에 'ㅎ'받침을 써야 맞는 거네요."

"그렇지. 다음 표시를 찾아볼까?"

어머니께서 항상 저를 가리켜 주셔서 저는 훌륭하게 자랄 수 있었어요.

"여기에서는 뭐가 틀렸나요?"

용인이는 부끄러웠지만 엄마에게 계속 물었어요.

"용인이가 편지에 적은 '가리켜 주셔서'는 '가르쳐 주셔서'라고 써야 한단다. '선생님께서 학생을 가르치다'라는 표현을 생각하면 쉽게 이해할 수 있지."

"그럼 '가리키다'는 무슨 뜻이에요?"

"어떤 대상을 손가락으로 집어서 알리는 것을 말하는 거란다."

"엄마, 이런 단어들은 생김새와 발음이 비슷해서 헷갈리는 것 같아요."

"맞춤법이 쉽지는 않아. 아직까지 엄마도 헷갈리는 것들이 있단다. 더구나 용인이 너는 컴퓨터 게임이나 만화책을 많이 봐서 올바른 맞춤법을 접하기 어려웠을 거야. 신문이나 책을 많이 읽으면 맞춤법을 저절로 익힐 수 있단다."

"알겠어요, 엄마. 오늘부터 신문이나 책을 하루에 한 시간씩 볼게요."

"그래, 우리 용인이가 아주 기특하구나."

용인이는 컴퓨터로 자신이 틀렸던 맞춤법의 바른 표기법을 확인했어요. 사람들이 많이 틀리는 맞춤법도 찾아보았어요. 용인이는 맞춤법을 배우면서 얼마나 많은 맞춤법을 틀리고 있었는지 알게 되었어요. 헷갈리는 맞춤법은 수첩에 따로 정리하기로 했어요.

'친구들에게도 틀린 맞춤법을 알려 줄 수 있도록 맞춤법 공부를 열심히 해야겠어.'

용인이는 자신의 홈페이지에 틀리기 쉬운 맞춤법 지식을 적기로 했어요.

> 친구들아, 오늘 내가 얼마나 맞춤법을 많이 틀리는지 알게 되었어. 일부로 틀린 것은 아니니 뭐라고 하면 안 돼. 오늘 배운 맞춤법을 너희에게도 가르쳐 줄게. 내가 알려주는 맞춤법을 몇일만 공부하면 너희도 맞춤법 척척박사가 될 거야.

용인이의 글에 친구들의 댓글이 달리기 시작했어요.

혜경 〉 너, 맞춤법 공부했다면서 또 맞춤법을 틀리니?
'일부로'가 아니고, '일부러'가 맞는 표현이란다.

〈 은우
혜경이 말이 맞아! 또 틀린 말이 있네.
'몇일'이 아니라 '며칠'이라고 써야 해.

용인이는 댓글을 보고 부끄러웠어요. 자신이 모르는 맞춤법이 여전히 많다는 것을 알게 되었지요. 용인이는 친구들의 댓글 밑에 다시 댓글을 달았어요.

용인 〉 친구들아, 내가 아직 갈 길이 멀었나 봐. 내가 맞춤법 척척박사가 될 수 있게 너희들이 많이 도와줘.

그래, 용인아! 우리 다 같이 맞춤법 공부를 열심히 하자. 〈 혜경

은우 〉 나도 함께 공부해! 바른 맞춤법은 우리가 지키자!

용인이와 친구들은 시간 가는 줄 모르고 댓글을 계속 달았어요. 그리고 맞춤법 공부를 하자는 굳은 약속을 했어요.

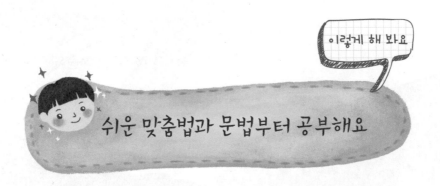

이렇게 해 봐요

쉬운 맞춤법과 문법부터 공부해요

국어의 맞춤법은 매우 어려워요. 사실 맞춤법은 어떻게 공부해야 할지도 모르겠고, 선뜻 손이 가지도 않아요. 틀린 맞춤법 문제는 매번 틀리고 자신감은 점점 떨어지고 말아요. 초등학교 3학년이 되면 맞춤법이 많이 어려워져요. 이때부터 국어의 지문도 길어지기 시작하지요. 그러나 맞춤법 공부가 하기 싫다고 하지 않으면 수업을 제대로 따라갈 수 없는 상황이 발생할 수도 있어요.

맞춤법은 맞춤법 하나로 이루어진 것이 아니에요. 모든 단어는 소리와 문자가 연결되어 결정된 것이기 때문이에요. 이게 무슨 뜻인지 잘 모르겠나요? '북어'와 '국'을 예로 들어 볼게요. 북어로 끓인 국을 먹어 본 적이 있나요? 그럼 북어로 끓인 국을 뭐라고 부를까요?

대부분의 친구들은 '북어국'이라고 대답할 거예요. 그런데 '북어국'은 맞춤법이 틀린 단어예요. '북어'와 '국'을 단순히 합해 버리는 것은 의미가 없어요. 한글은 소리, 즉 발음이 편리한 것을 중요하게 생각해요. '북어국'은 발음하기 어려운 단어예요. 그래서 맞춤법 규칙을 정하는 거예요. '북어'와 '국'을 합칠 때에는 발음하기 쉽게 변화시켜야 해요. 두 단어를 합쳐서 만든 새로운 단어의 표준어는 '북엇국'이에요. 발음하기 쉽게 'ㅅ'을 넣어 주는 거지요. 이런 식으로 한글 맞춤법은 소리를 신경 써야 할 경우도 있고, 받침을 신경 써야 할 경우도 있어요. 문법이나 발음에 따라 맞춤법이 달라지는 경우도 있어요.

맞춤법은 자음과 모음을 공부할 때부터 자연스럽게 익혀야 해요. 단어만 무작정 외우면 '북엇국' 같은 경우가 생기게 되거든요. 그렇기 때문에 차근차근 꼼꼼하게 공부해야 한답니다.

국어 공부는 단순하게 맞춤법만 잘 안다고 해서 끝나는 것이 아니에요. 국어 공부를 잘하기 위해서는 차례차례 단계를 밟아가야 해요.

예를 들어 볼게요. 하나의 이야기가 있으면 차분히 읽고 줄거리를 생각해요. 그 뒤에 문장을 공부하고, 단어를 공부하는 거예요. 큰 형태부터 그리고, 세세한 부분을 그려 내는 것과 비슷하다고 보면 된답니다. 문장을 공부할 때는 이어지는 말인 조사와 문장 부호, 문법 같은 것에 신경을 쓰는 것도 필요해요.

단어를 공부할 때는 모르는 단어를 국어사전을 찾아서 알아내고, 비슷한 말과 반대말을 생각해 보는 것도 좋아요. 맞춤법을 외우고 철자를 정확하게 아는 것도 중요하지요.

공부를 할 때는 틀린 단어 바로 고치기, 빈칸 채우기 등 다양한 방법으로 미리 문제를 만들어 공부하도록 해요. 마지막으로 받아쓰기 형식으로 시험을 보고 무엇이 틀렸는지, 왜 틀렸는지 되짚어 생각하는 시간을 가져 마무리를 하는 거예요.

국어 공부의 기본은 맞춤법이에요. 맞춤법에 자신이 없다고 모르는 것을 외우지 않고, 그냥 넘겨 버린다면 실력은 늘어나지 않겠지요? 국어 시간에 공부한 단원은 문제집이나 학습지를 바로 풀어 보는 것이 좋아요. 그리고 채점을 해서 틀린 문제를 표시하고 자신이 어디를 틀렸는지 확인해야 해요. 채점을 하고 틀린 문제를 정리할 때는 그날 배운 핵심 단어나 글자에 대해 정리를 우선적으로 하는 것이 좋아요.

책을 무조건 많이 읽었다고 글을 잘 쓸 수 있다는 것은 잘못된 생각이에요. 독서나 글쓰기를 하면서 맞춤법도 같이 키워 가야 해요. 한 번에 많은 것을 다 얻으려는 것보다 천천히 노력해서 하나하나 차근차근 공부하는 것이 가장 중요해요. 국어 공부는 시간을 투자한 만큼 좋은 결과를 얻을 수 있어요. 또한 국어 공부를 잘하면 다른 공부를 잘할 수 있는 디딤돌이 될 수 있답니다.

부록

엄마 아빠가 읽어요

진주교육대학교 국어교육과 곽재용 교수의
〈우리 아이 국어 실력을 키우는 방법〉

1

● 바르고 고운 말을 쓰도록 도와주세요

아이들은 또래 집단에서의 생활을 중요하게 여깁니다. 또래 집단에서 사용하는 행동과 말투, 옷차림을 똑같이 하면서 소속감을 느끼고 싶어 합니다. 그러다 보니 또래가 사용하는 속어를 아무런 생각 없이 사용하곤 합니다.

그래서 이미 아이들 사이에서는 욕이나 속어를 사용하는 것이 일반적인 일입니다. 어떤 것이 잘못된 것인지, 나쁜 것인지도 모르고 그저 재미로 사용하는 경우가 대부분입니다.

한참 신체와 감정이 성장하는 어린 시절에 과격한 속어를 사용하다 보면 어떤 일이 생길까요? 처음에는 눈에 드러나는 문제는 없습니다. 그러나 시간이 지날수록 폭력적이고 공격적인 행동을 보이고, 성품도 흐려질 가능성이 있습니다. 한 번 습관이 되어 버리면 어른이 되어서도 폭력성을 고치기 어렵습니다.

아무 생각 없이 속어를 계속 사용하다 보면 국어 성적에도 좋지 않은 영향을 미치게 됩니다. 단순히 국어 시험을 망치는 것뿐만 아니라 논리력과 사고력에도 좋지 않은 영향을 끼치게 됩니다.

이런 이유 때문에 엄마와 아빠는 아이의 말투에 더욱 신경을 써야 합니다. 그리고 모범을 보여야 합니다. 아이들 앞에서는 항상 바르고 고운 말을 쓰는 것이 좋습니다. 또한 욕이나 속어는 폭력과 다름없다는 점도 알려 줘야 합니다. 언어도 신체적으로 가하는 폭력이어서 다른 사람을 불쾌하게 만든다는 것을 가르쳐 주어야 합니다.

아이가 속어를 사용할 때는 바로 지적해 줍니다. 무심코 아무 생각 없이 사용했다 하더라도 바로 지적해 줘야 합니다. 이때 지나치게 혼을 내면 아이의 반감이 커질 수 있으니 분명하고 단호하게 혼을 내야 합니다. 아이와 적당한 거리를 두고 눈을 보며 차분하게 설명하며 말하도록 합니다. 예를 들어 "왜 그런 말을 했니?", "그런 말을 했어야 할 이유가 있었니?"라고 먼저 질문을 합니다. 그런 뒤에 아이가 잘못된 생각을 가지고 있다면 "너는 나쁜 의도가 아니었겠지만 듣는 사람에게는 상처가 될 수 있는 말이란다."라고 설명해 줍니다.

요즘은 스마트폰과 인터넷 메신저를 이용한 언어폭력도 심각해졌습니다. 인터넷을 할 때는 엄마나 아빠가 옆에서 지켜보도록 하십시오. 또한 평상시에 주의 깊게 아이의 행동을 지켜보는 것이 좋습니다.

아이가 사용하는 속어를 사전으로 찾아보게 하는 것도 좋은 방법입니다. 아무 생각 없이 사용하던 속어가 생각했던 것보다 훨씬 나쁜 뜻이라는 것을 알면 놀라게 될 것입니다. 사전에 나오지 않은 속어는 원래 뜻을 정확하게 알려 주십시오. 절대 습관처럼 사용해서는 안 될 말이라는 걸 적극적으로 가르쳐 주어야 합니다.

또한 아이들이 화가 날 때 무의식적으로 감탄사처럼 사용하는 속어도 바로잡아 주어야 합니다. 이럴 때는 화를 다스리는 다른 활동을 알려 주십시오. 예를 들어 화가 날 때는 책을 본다거나, 아이가 좋아하는 놀이를 통해 풀려고 노력하거나, 그림을 그리는 방법들을 추천해 주시면 됩니다. 화가 난 순간의 분노를 누그러뜨리게 하는 것이 중요합니다. 속어를 쓰지 않는 것이 또래 집단에서 도태되는 것이 아니라, 친구들보다 어른스러운 행동을 하는 것이라고 이야기해 주십시오. 바르고 고운 말이 기본이 되어야 국어 공부도 제대로 할 수 있습니다.

2

● 함께 책을 읽어 주세요
....

요즘은 맞벌이를 하는 부모님과 방과 후 학원으로 인해 바쁜 아이들로 구성된 가족 형태가 많습니다. 아이들은 학원을 마치고 집에 돌아와도 많은 숙제로 인해 부모님과 함께 시간을 보내지 못합니다. 그나마 제대로 보낼 수 있는 시간은 식사할 때 뿐입니다. 하지만 식사를 하면서도 텔레비전을 보거나 스마트폰 메신저 또는 게임을 하기 일쑤입니다.

사회가 발전하는 것과 동시에 가족 간의 대화는 더욱 단절되어 아이들의 외로움은 점점 커져 갑니다. 아이들에게 이 시기는 세심한 관찰, 보살핌과 함께 다양한 경험이 중요합니다. 하지만 아이들의 관심은 텔레비전, 인터넷, 스마트폰과 같은 매체에 집중되어 있습니다. 대부분의 텔레비전 프로그램은 12세 이상의 아이들이 시청하도록 하고 있습니다. 이때까지는 아이들의 판단력이 부족하고 한 번 접한 것은 그대로 흡수하려고 하기 때문입니다. 텔레비전을 자주 접하는 아이들은 생각하는 힘은 기르지 못하고 수동적으로 텔레비전에서 보는 것을 그대로 받아들여 버립니다. 말투와 행동은 물론 사고방식까지 그대로 흡수하기 때문에 매우 위험합니다. 이런 이유 때문에 텔레비전을 보는 것보다는 책을 읽는 것이 좋습니다.

하지만 대부분의 아이들은 책에 흥미가 없습니다. 그렇다고 해서 그대로 내버려 둘 것이 아니라 책을 자주 접하게 도와야 합니다. 독서의 장점은 나열하기도 힘들 정도로 많습니다. 독서의 양과 독서의 습관이 학습의 집중도에 큰 도움이 된다는 많은 연구 결과가 있습니다.

주의가 산만하면 학습에 치명적입니다. 책은 언어 교정 말고도 집중력이 흐린 아이에게도 좋은 학습 도우미가 될 수 있습니다. 책은 별다른 노력 없이 그저 읽는 것만으로도 '집중의 습관'을 길러 주기 때문입니다.

아이가 혼자 책을 읽는 것보다 부모님과 함께 읽을 때 그 효과는 배가된다고 합니다. 또한 부모님과 공통의 주제로 자주 토론을 하는 아이는 정서가 풍부해지고 성격이 온순하고 긍정적이라고 합니다.

부모님과 함께 습관처럼 책을 읽는 아이들은 혼자 책을 읽는 아이들보다 정서적으로 큰 안정을 느낍니다. 더불어 토론 능력도 배가 됩니다. 또한 자신이 이해하지 못했던 부분이나 교훈도 쉽게 터득할 수 있습니다. 책의 내용이 또 다른 삶이 되어 부모님과의 좋은 추억도 심어 주게 됩니다. 아이와 함께 책을 읽는다는 것이 얼마나 중요한 일인지 기억하고, 지금 당장 실천해 주세요.

3

● 일주일에 한 번 가족회의를 하세요

아이들은 하루에도 몇 번씩 사소한 일로 다투곤 합니다. 학교에서는 친구들과 다투고, 집에서는 형제들과 다투면서 감정적으로 힘들어합니다. 다툴 때마다 부모님이 나서서 혼내기도 쉽지 않습니다. 무턱대고 혼내다 보면 반항심만 생기고 감정적인 소모만 하기 때문입니다.

이런 일을 방지하기 위해 가족회의를 하는 것을 추천합니다. 가족회의는 다양한 장점을 가지고 있습니다.

아이들은 자신의 의견을 가족 앞에서 이야기하는 경험을 통해 자신감과 문제 해결력을 키울 수 있습니다. 또한 자신의 주장에 맞게 조리 있게 말할 수 있어서 논리적 사고를 키우는 데 효과적이기도 합니다. 요즘처럼 가족과 함께 있어도 서로 어떤 생각을 하는지 모르는 때는 특히나 필요한 일입니다. 뿐만 아니라 가족회의는 가족의 협력과 유대감을 증진시키고, 서로 배려하는 방법을 깨닫게 합니다.

가족회의를 할 때는 형식을 너무 차리거나 거창할 필요는 없습니다. 편한 마음으로 가족이 모여 서로에게 하고 싶은 말을 나누고 필요한 규칙을 이야기한다고 생각하면 됩니다. 가족회의의 진행은 서툴더라도 아이가 하는 것이 좋습니다.

가족회의를 어떻게 진행하면 좋을지 생각해 볼까요?

일단 회의를 시작하기 전에 부탁하고 싶은 것, 규칙으로 만들고 싶은 것을 아이가 생각하도록 합니다. 편지함을 마련해 놓고 가족회의 때 이야기하고 싶은 것을 미리 생각해서 적어 넣도록 합니다. 그리고 가족회의 전에 편지함을 열어서 주제를 정합니다. 미리 주제를 생각하고 근거를 찾게 하는 것은 아이의 논리력과 발표력 향상에 큰 도움을 줄 수 있습니다.

회의 시간은 한 시간을 넘지 않도록 합니다. 될 수 있으면 매주 같은 시간에 가족 모두가 모여서 하는 것이 좋습니다. 또한 '가족 모두에게 하나 이상 칭찬하기'를 규칙으로 합니다. 한 주 동안 서로가 관찰한 가족의 모습이나 좋아지고 있는 모습에 대해 칭찬을 해 주는 것입니다. 칭찬은 꼭 부모님이 아이에게만 해야 한다는 생각을 버리고 서로에게 하나씩 칭찬을 하도록 합니다. 아이가 부모님의 장점을 발견해 칭찬을 해 보는 경험은 부모님에 대한 사랑을 깨닫는 것은 물론 사회성을 키우는 데도 큰 도움을 줍니다.

가족회의에서는 가급적 전원 합의를 끌어내는 것이 좋습니다. 만약 안건으로 올라온 항목을 협의를 통해 결정할 수 없다면, 그것은 다음 회의 때까지 보류합니다. 마음을 가다듬고 새로운 아이디어를 생각해 낼 시간을 벌 수 있기 때문입니다. 가족회의에서 다수결은 가족의 분열을 두드러지게 할 수 있습니다. 엄마와 아빠는 모두의 의견을 존중하는 해결 방법을 함께 찾아내도록 노력해야 합니다.

매주 하는 가족회의가 부담이 된다면, 격주로 하거나 한 달에 한 번씩 하는 것도 좋습니다. 또는 저녁 식사 때 잠깐의 규칙을 정하고 그 것을 지키도록 하는 것도 좋습니다. 저녁 시간이 되면 온 가족이 같이 보던 텔레비전은 절대 보지 말자는 것처럼 간단한 규칙을 정하는 것이지요. 텔레비전만 꺼도 없던 대화가 자연스럽게 형성이 되고 가족회의가 따로 필요 없을 정도로 다양한 이야기가 오갈 수 있습니다. 또한 밥을 먹는 동안 하루 동안 있었던 일을 이야기해 대화를 이어 갈 수도 있습니다. 식사 후에는 자연스럽게 책을 보는 분위기를 조성해 부모님과 함께한다면 금상첨화랍니다.

4

● 가족 간에 편지를 주고받으세요

　혹시 자녀와 편지를 주고받은 적이 있으신지요? 대부분의 부모님이 가족에게 편지를 쓴다는 것을 쑥스러워합니다. 하지만 이것만큼 아이들의 어휘력과 표현력을 늘리는 좋은 방법이 없습니다.

　아이들과 대화가 부족해 거리감을 느꼈던 것들을 편지로 표현해 보십시오. 편지는 직접 대화로 할 때보다 더 많은 말을 나눌 수 있는 힘이 있답니다. 그동안 표현하지 못했던 사랑의 말들을 전하는 것도 좋습니다. 부탁의 말이나 거절의 말도 직접 대화로 할 때보다 훨씬 효과적으로 전달할 수 있습니다.

　처음 아이와 편지를 쓸 때는 어떤 말을 써야 하는지 무슨 말을 어떻게 표현해야 할지 고민이 될 것입니다. 하지만 편지의 내용은 거창하거나 유창하지 않아도 됩니다. 그동안 있었던 일이나 요즘 가지고 있는 고민거리를 이야기하는 것이 좋습니다.

　아이가 편지를 쓸 때도 마찬가지입니다. 아이 또한 누군가에게 마음을 담은 편지를 쓴다는 것은 충분히 쑥스러운 일일 것입니다. 그 대상이 가족이 될 땐 더 부담이 되겠지요. 하지만 편지를 쓰기로 결정했다면 가족과 함께 규칙을 만들어 꼭 지킬 수 있도록 합니다.

⭐ 편지 쓸 때의 규칙

1) 진실한 마음으로 쓰도록 합니다.

2) 예의를 갖추어 쓰도록 합니다.

3) 형식에 얽매이지 않도록 합니다.

4) 마주 앉아 대화하듯이 쓰도록 합니다.

5) 하고 싶은 말이나 내용을 충실하게 쓰도록 합니다.

6) 쓴 날짜와 쓴 사람을 분명하게 밝히도록 합니다.

7) 글씨를 바르게 쓰도록 합니다.

가족끼리 규칙적으로 편지를 쓰다 보면 아이가 자신의 생각을 글로 표현하는 데 도움을 줄 수 있습니다. 편지로 아이의 국어 실력을 점검할 수 있는 좋은 기회이기 때문입니다. 띄어쓰기나 맞춤법, 존댓말 등을 확인할 수 있습니다. 그렇다고 지나치게 "국어 표기법에 따라 써야 한다."라고 강요하면 안 됩니다. 지나치게 문법을 강조한다면 아이가 하고 싶은 말을 글로 표현하지 못하고 문법에만 치중하게 되기 때문입니다. 이런 것들이 반복이 된다면 진심을 담지 못한 보여 주기 위한 편지가 되기 쉽습니다. 이런 점을 유념해 아이와 가까워지고 국어 실력도 나아지는 시간이 되도록 편지를 주고받아 보시기 바랍니다.

5

● <u>논리적으로 생각할 수 있도록 도와주세요</u>

　자기의 의견이나 주장을 논리적으로 조리 있게 쓴다는 것은 여간 어려운 일이 아닙니다. 대학 입시에 여전히 논술 시험을 보는 곳들이 있습니다. 논술 시험은 일정한 주제에 대해 수험생이 자신의 의견을 쓰고, 그것으로 그들의 사고력과 표현력을 평가하는 것입니다. 논술 시험은 백일장 대회가 아닙니다. 다양한 논제에 대응하는 배경지식의 폭과 깊이가 필요합니다. 논술 시험은 창의와 논리, 가치관이 따르는 평가 제도이기 때문입니다.

　논술의 기본 바탕에는 독서가 있습니다. 독서를 통해 많은 배경지식을 쌓는 것이 논술의 첫 시작이기 때문입니다. 하지만 독서만으로는 균형 잡힌 생각을 키울 수가 없습니다. 독서를 통한 간접 체험에 직접 체험이 어우러져야 제대로 실력을 키울 수 있습니다.

　그러나 대부분은 사교육을 통해 논술 공부를 하고 있습니다. 독서와 직접 체험의 기회를 만들어 줄 수 있는 사람은 오직 부모님뿐입니다. 아무리 사교육으로 논술 공부를 시킨다고 해도 그에 따른 한계가 있습니다. 학원에 보내는 것까지는 부모님의 권위로 가능하지만, 아이들에게 지식과 건전한 가치관을 심어 주는 일은 강제로 할 수 없습니다.

돈이나 잔소리, 욕심만으로 똑똑한 아이를 만들 수는 없습니다. 아이들은 학원을 가라고 강요하거나 숙제나 확인하며 잔소리하는 부모님이 아닌, 함께 공부하는 부모님을 원합니다. 내 아이를 남의 손에 맡기고 대가나 지불하는 일은 부모님이 아닌 다른 누구도 할 수 있습니다. 논술은 생각을 키우거나 바꾸는 일인데, 일주일에 몇 번 학원에 맡긴다고 완성되는 일이 아니기 때문입니다.

주말이 되면 학원보다는 직접 체험을 해 보세요. 역사, 과학, 예술 등의 주제를 정해 아이와 함께 밖으로 떠나는 것이 필요합니다. 책에서 본 곳을 직접 체험하는 것이 최고의 교육입니다.

이런 현장 학습이 어렵다면 주말에는 아이와 함께 가까운 도서관이나 서점에 가는 것이 큰 교육이 될 수 있습니다. 자주 방문하면 할수록 책과 가까워지게 되고, 독서 습관을 만드는 것도 좋을 것입니다. 부모님의 작은 부지런함이 아이들이 살아 있는 체험을 할 수 있도록 도울 수 있답니다.

6

● 아이의 단어를 바로잡아 주세요

아이가 학교에 다니기 시작하면서 또래 집단과 보내는 시간이 늘어날수록 아이들의 언어 습관도 덩달아 나빠집니다. 대부분의 아이들은 속어를 사용하면서도 그것이 어떤 뜻인지는 잘 알지 못합니다. 자주 사용하는 이유는 자신이 그러한 말들을 이야기했을 때 주변 사람들의 반응이 재미있기 때문입니다. 한 번 잘못된 습관은 바꾸기가 어렵습니다. 그렇기 때문에 잘못된 습관은 빨리 잡아주는 것이 좋습니다.

아이가 무슨 말을 하면 무관심하거나 강하게 꾸중하는 경우가 있습니다. 이러한 태도는 아이의 잘못된 단어를 강화해 주는 계기가 됩니다. 아이가 잘못된 단어를 쓰면서 의사 표현을 하거나 무언가를 요구할 때는 처음 몇 번은 무시하는 것이 좋습니다. 아이가 잘못된 단어를 써도 부모님이 받아 주시면 자신이 어떤 잘못을 했는지도 모르고 그냥 지나쳐 버릴 수 있기 때문입니다.

아이는 속어를 계속 사용하다가 엄마와 아빠가 요구 사항을 들어
주지 않으면 질문을 할 것입니다. 이때 아이의 잘못된 언어 습관을
바로잡아 주십시오. 그리고 바른 말을 했을 때 요구 사항을 들어주십
시오. 잘못된 단어를 사용하는 것이 아이에게는 득이 될 수 없다는
것을 상기시켜 주는 것이 좋습니다. 또한 그런 말을 쓰면 상대방은
기분이 나빠지게 된다는 것을 지속적으로 알려 주는 것이 좋습니다.

아이에게 고운 말을 쓰는 친구와 함께 지내게 하는 것도 좋은 방법
입니다. 나쁜 말을 하는 것과 반대로 고운 말을 사용하는 아이를 자
주 만나게 해서 스스로 비교하도록 하는 것입니다. 아이들은 부모님
이 자신이 아닌 다른 아이를 칭찬하면 질투를 느낍니다. 이런 점을
이용해 고운 말을 쓰는 친구를 칭찬하고 자연스럽게 모방할 수 있도
록 하는 것이 좋습니다.

아이가 속어를 사용했을 때 엄마가 지나치게 과민한 반응을 보이

면 아이가 오히려 더 재미있어서 우쭐하는 마음에 계속 사용하게 될 수도 있습니다. 그렇기 때문에 적당한 무관심과 지속적인 관찰이 필요합니다.

7

• 아이와 국어 공부 계획을 세워 보세요

'시작이 반이다.'라는 말이 있습니다. 공부를 할 때도 계획을 체계적으로 세운 뒤 학습하는 것이 중요합니다. 특히 국어 과목은 세밀한 계획을 세우는 것이 필요합니다.

공부 습관 중에 가장 관심을 받는 것은 '자기 주도적 학습 능력'일 것입니다. 자기 주도적 학습 능력이란 아이 스스로 공부하는 습관을 기르는 것을 이야기합니다.

초등학교 저학년 때는 지능이 학업에 어느 정도 영향을 미칩니다. 지능이 높은 아이들이 수업에 대한 이해도 빠릅니다. 하지만 고학년으로 올라갈수록 공부하는 습관이 형성된 아이들이 지능만 믿고 공부하지 않는 아이들보다 학과 성적이 훨씬 좋습니다. 효과적인 공부 습관이 얼마나 중요한지 알 수 있는 예입니다.

효과적인 국어 공부 계획과 공부 습관을 기르기 위해서는 어떻게 해야 할까요?

다음과 같은 방법으로 아이와 함께 계획을 세우는 것이 좋습니다.

⭐ 아이와 함께 계획표를 짜 봅니다.

⭐ 학교에서 돌아오는 시간, 학원에 가는 시간 등을 제외하고 혼자 공부할 수 있는 시간을 찾도록 합니다.

⭐ 일주일 단위로 공부 계획표를 짭니다.

⭐ 학교 수업 시간표를 참고하여 복습 분량을 정합니다.

⭐ 세운 계획표의 실천 여부는 부모님이 매일 확인해 줍니다.

⭐ 매일 일정한 장소에서 공부하도록 합니다.

⭐ 책상에 앉아 있는 것을 힘들어하는 아이라면 시간을 정해 앉아 있는 습관부터 길러 주도록 합니다.

⭐ 혼자서 학습 분량을 조절하도록 합니다.

⭐ 당장의 학습 효과보다 혼자 공부할 수 있는 습관을 길러 주는 데 목표를 정합니다.

이런 방법을 참고하여 아이 스스로 공부 습관을 기르는 것이 중요합니다. 어느 정도 습관이 잡혔다고 생각되면, 그때부터 과목별로 스케줄을 조정해 나가도록 합니다. 모든 계획은 어렵더라도 아이 스스로 정하도록 하고, 부모님은 조력하는 역할만 해야 합니다. 더디긴 하겠지만 아이 스스로 정해서 채워 나가는 계획표는 그 어느 것보다도 큰 동기를 부여하기 때문입니다.

대한민국 대표 인성·환경·역사 교과서
왜 안 되나요 시리즈

중국 저작권 수출 도서
서울환경연합 선정도서
서울시교육청 추천도서
아침독서 선정도서

교보문고 키위맘 선정도서
한우리 독서올림피아드 필독서
소년한국우수도서 선정도서
국립어린이청소년도서관 추천도서

어린이를 위한 습관의 힘 시리즈

탤리캣과 마법의 수학 나라 시리즈

말뜻을 알면 개념이 쏙쏙 잡히는 시리즈

세상을 바꾸는 멘토 시리즈

권당 12,000원 · 각 시리즈는 계속 출간됩니다!